밥만 먹고 레벨업

박민규 게임 판타지 장편소설
WISHBOOKS GAME FANTASY STORY

3

박민규 게임 판타지 장편소설

초판 1쇄 찍은 날 | 2019년 10월 7일
초판 1쇄 펴낸 날 | 2019년 10월 15일

지은이 | 박민규
펴낸이 | 권태완 우천제

기획 | 위시북스
편집책임 | 한준만
편집 | 위시북스

펴낸곳 | ㈜케이더블유북스
등록번호 | 제25100-2015-43호
등록일자 | 2015. 5. 4
KFN | 제2-5호

주소 | 서울시 구로구 디지털로31길 38-9, 401호
전화 | 070-8892-7937 팩스 | 02-866-4627
E-mail | fantasy@kwbooks.co.kr

ISBN 979-11-293-4101-3 04810
        979-11-293-4001-6(set)

박민규 게임 판타지 장편소설
WISHBOOKS GAME FANTASY STORY
밥만 먹고 레벨업
3
Wish Books

CONTENTS

1장
위험한 동행

사탕은 민혁이의 눈물을 쏙 들어가게 했다!

'뭐야, 지금 일부러 먹을 거 얻어 먹으려고 운 거 아니야?'

그런 생각이 들 정도. 민혁은 먹을 것으로 눈물도 그칠 수 있는 엄청난 인내력을 가지고 있었다.

"아, 개운하다."

민혁이 체중계에서 내려왔다.

눈물을 쏟을 만큼 쏟자, 다음으로 기쁨이 밀려왔다. 그의 입가엔 웃음이 감돌았다. 정말이지 행복했다. 가슴이 두근거릴 정도로.

'게임 속 모습을 현실에서도 가질 수 있게 되는 거 아닐까?'

행복한 상상을 하며 체중계에서 내려온 민혁의 엉덩이는 씰룩씰룩 춤추듯 움직이고 있었다.

"두둠칫! 두둠칫!"

그 모습은 꽤 우스꽝스러웠다.

"하하하하!"

"호호호호!"

분명히 애틋한 날인데, 모두 웃음밖에 나오질 않았다.

오창욱도 한참이나 웃다가 그에게 다가갔다.

"참, 이제 손재주 스텟 쏠쏠하게 올렸겠네? 오늘 던전 나간다고 했던가?"

"네, 흐흐. 기념으로 오늘 열매 수확도 하기로 했지요."

씨앗은 무럭무럭 열매를 맺었다. 그 열매는 던전을 나가는 날인 오늘 민혁의 손에 들어올 것이다.

"너 손재주 스텟 몇이야?"

"298인가?"

"……."

"……."

"……말도 안 돼."

주변이 소란스러워졌다. 오창욱은 경악한 표정이었다.

"손재주 스텟이 300 가까이라고……?"

"넵!"

민혁은 고개를 갸웃했다.

던전 안에서 손재주 습득률이 8배가 되었다. 게다가 밤낮으로 쉬지 않고 캐고, 남는 시간엔 요리만 하니 손재주 스텟이 엄청나게 상승할 수밖에 없었다.

"내가 아는 우리 길드 대장장이가 중급에서 상급 넘어가기 전인데 손재주 스탯이 400 조금 넘는데……?"

"……그래요? 왜 이렇게 못 올리셨지? 아, 저 지금 습득률이 8배라 그런가 봐요."

창욱이 골똘히 생각해 봤지만, 아무리 습득률이 8배여도 스탯이 그 정도로 빠르게 오르진 않는다.

"알 것 같네."

"네?"

"손재주 스탯에는 다양한 법칙이 존재한다고 들었거든, 꾸준히 관련한 행동을 반복하면 오르는 게 첫 번째 규칙이잖아?"

"그렇죠."

그건 누구라도 다 아는 사실이다.

"다른 규칙으로는 이런 것도 있다고 들었어. 얼마만큼 쉬지 않고 집중하고 열중했는가. 그게 계속 중첩되어 쌓일수록 손재주 스탯 상승률이 아주 조금씩 올라간다고 들었거든, 딱히 알림은 없지만 말이야."

"그래요?"

의외의 이야기였다. 그 말은 민혁이 쉴 새 없이 집중하고 반복해서 손재주 습득률이 은연중에 올랐다는 거다. 민혁으로서는 기쁜 이야기였다.

"전 기념으로 열매를 먹으러 이만."

민혁이 엉덩이를 씰룩거리며 아테네 캡슐로 들어갔다.

창욱은 예전에 들었던 이야기를 떠올렸다.

'손재주 스텟 400을 달성하면 혜택이 주어진다고 들었던 것 같은데…….'

블란은 정말이지 경악할 수밖에 없었다.

'이건 정말 말도 안 돼…….'

그의 온몸이 부들부들 떨렸다.

민혁이 심은 일곱 개의 씨앗. 그리고 거대하게 자라나 있는 나무들과 그 나무들의 가지에 딱 하나 자라 있는 하나의 열매. 그 열매에서 빛이 보였다. 오로지 블란만 볼 수 있는 빛이다.

이 빛은 씨앗을 심은 유저가 노력을 몇 퍼센트나 채워냈는지에 따라 달라진다. 사실 50%도 여간 어려운 게 아니다. 50%를 충족시키지 못하면 그저 맛있고 조금 특별한 열매가 된다. 그리고 60%가 되면 더 좋아지고, 70%가 되면 더 좋아진다.

하지만 그게 정말 말처럼 쉬운 게 아니다. 블란이 키운다고 해도 60%를 만들기 힘들었다. 노력도 중요하지만 그 씨앗을 정말 애지중지해야 하기 때문이다.

그런데 지금 열매에 보이는 빛. 그 빛이 전부 찬란한 황금빛을 뿌리고 있었다. 90%가 넘었다는 거다.

블란은 믿기지 않았다.

그때 민혁이 접속했다.

"두둠칫! 두둠칫!"

민혁은 엉덩이춤을 추며 들어왔다.

"안녕하세요! 저 왔어요!"

"그, 그래. 오늘 자네 나가는 날이지?"

"넵! 흐흐흐. 나가기 전에 열매를 수확해야지요."

민혁은 기대감이 가득 어린 표정이었다.

블란은 어색하게 웃었다.

"표정이 왜 그러세요?"

"아, 아니야."

너무 놀라서, 너무 대단해 보여서다. 이처럼 애정과 관심을 주고 노력할 수 있는 사람이 있다니! 그러고 보면 민혁은 캐거나 요리 할 때를 제외하고 항상 씨앗을 애지중지했다.

곧 민혁은 설레는 마음으로 자라난 일곱 개의 나무를 향해 다가갔다. 열매들은 모두 크기가 제각각이며 코코넛 같은 두꺼운 껍질에 둘러싸여 있어 아직 무슨 열매인지 확인이 불가능했다.

"손을 뻗어 수확한다고 하면 된다네."

민혁은 블란의 말대로 나무에 손을 뻗었다.

"수확한다."

[열매를 수확하시겠습니까?]
[네/아니요.]

"네."

똑-

달려 있던 열매가 저절로 떨어지더니, 민혁의 앞으로 두둥실 날아와 바닥에 착지했다.

돌 같이 단단해 보이는 껍질의 중앙에 금이 쩌저적 갔다. 그리고 양쪽으로 껍질이 떨어져 내렸다.

툭, 툭-

그리고 모습을 드러낸 것. 그것을 보면서 민혁은 경악했다.

"와아아아……."

감탄이 먼저 나왔다. 맛 좋아 보이는 수박이었던 것이다!

"수, 수박이라니……!"

"그래, 정말 맛있어 보이는 수박이군."

"아, 좋다, 좋아. 수박은 박수!"

"……?"

"이 노래 몰라요?"

"자네 이 말 아나? 박수 칠 때 떠나라."

"흠!"

"크흠!"

두 사람이 썰렁한 개그를 하고 각자 헛기침을 했다.

그리고 이어 민혁은 수박을 확인해 봤다.

(결실의 수박)

재료 등급: C

특수 능력:

 •손재주 30 획득

 •지혜 30 획득

 •일반 수박보다 훨씬 더 맛이 좋다.

 설명: 당신의 노력과 씨앗에 대한 애정이 결실을 맺었다. 당신은 이미 훌륭한 농사꾼의 기질을 갖추고 있다.

"이, 일반 수박보다 더 맛이 좋대요!"

"그래? 어때, 능력도 대단……."

"우와! 일반 수박보다 더 맛있으면 얼마나 맛있는 거야! 그냥 수박도 맛있는데!"

"능력도 좀 보라고!"

"능력도 뭐……."

민혁은 고개를 주억였다.

"나쁘진 않네요~"

손재주가 30이나 붙었으니 꽤 괜찮다고 생각한다. 하지만 맛이 더 좋다는 건 따라올 수 없다.

이어서 민혁은 다음 열매를 확인했다. 다음 열매 역시 껍질이 저절로 갈라지면서 나타났다.

"따, 딸기!"

(결실의 딸기)

재료 등급: C

특수 능력:

- 5대 스텟 10 획득
- 일반 공격 스킬 1 레벨업 가능

"와아아앙!"

민혁은 지체하지 않았다. 자신의 머리만 한 크기의 딸기가 나타나자마자 곧바로 딸기를 집어 들었다. 딸기는 잘 익은 듯 무척이나 붉었고 씨앗들은 검은빛을 띠었다.

그는 탐스러운 느낌의 딸기를 지체하지 않고 입으로 가져갔다.

"와구!"

우물우물-

딸기에 오돌토돌 박혀 있는 검은 씨앗들, 거기에 달콤한 과육이 입안을 즐겁게 해주고, 씹을수록 과즙이 나와 상큼한 맛을 더해준다.

민혁이 머리만 한 딸기를 자르지도 않고 손으로 든 채 먹는 모습은 남들이 보기에 참으로 놀라운 모습이었다.

"와구와구!"

계속 딸기를 먹는 민혁.

"……하, 하마 같구먼."

민혁을 본 블란이 그를 코끼리에 이어 하마라고까지 표현할 정도였으니까.

민혁은 그 자리에서 딸기를 뚝딱 하고 먹어치웠다. 약 4kg은 될 법한 그 딸기를 단숨에 먹어치운 거다. 그러다가 멈칫했다.

"이, 이런 바보!"

"왜 그러나!"

"흐엉, 딸기생과일주스랑 딸기케이크, 딸기마카롱, 딸기샌드위치 해 먹어도 맛있는데! 이 멍청이!"

너무너무 먹음직스러워 그 자리에서 먹어버린 것이 후회되는 것이었다. 하지만 민혁은 금세 비장해졌다.

'괜찮아, 민혁아. 네겐 아직 수박이 있어.'

수박은 껍질에 싸여 있어 어느 정도 자신을 다스릴 수 있었다. 수박 반쪽은 그냥 먹고 나머지는 화채와 같은 것을 해 먹으리라!

곧이어 알림이 들렸다.

[결실의 딸기를 먹었습니다.]

[5대 스텟을 10씩 획득합니다.]

[일반 공격 스킬을 선택해 주시기 바랍니다.]

공격 스킬이라면 자신에겐 딱 하나밖에 없지 않던가.

"바르디 검술."

[바르디 검술이 레벨업 합니다.]

[바르디 검술을 마스터하셨습니다.]

[마스터 보상으로 1장. 급소 찌르기의 공격력이 큰 폭으로 증가합니다.]

[마스터 보상으로 2장. 세 번 빠른 공격에 추가 대미지가 붙습니다.]

[마스터 보상으로 3장. 바르디 검술의 지속 시간과 스텟 상승률이 큰 폭으로 증가합니다.]

마스터 보상은 모든 스킬을 마스터하면 받게 되는 추가적인 보상이다. 위의 알림처럼 일반적으로 증가하는 수치보다 훨씬 더 많이 오르게 되는 거다.

민혁은 빠르게 확인했다.

급소 찌르기의 공격력이 28%가 되었다. 세 번 빠른 공격은 총 세 번을 베는데 한 번, 한 번 베어낼 때마다 10%의 추가 공격력이 붙는다. 바르디 검술은 지속 시간이 10분이 되었고 스텟은 자그마치 20이나 상승하게 되었다.

민혁은 이어서 다른 열매들도 수확했다.

[껍질을 깔 수 없는 레벨입니다.]
[껍질을 깔 수 없는 레벨입니다.]

하지만 다른 열매들은 애석하게도 현재 얻을 수 없었다.
민혁은 남은 열매의 정보를 확인해 봤다.

(결실의 열매)
제한: 레벨 80 이상
재료 등급: 봉인
특수 능력:
 • 봉인
 • 봉인

남은 열매들은 레벨 제한이 걸려 있어 당장 먹을 수 없었다.
현재 민혁의 레벨은 79. 이 던전에서 엄청나게 올랐다. 레벨
이 오를 수록 필요 경험치가 많아진다는 것을 생각하면 이미
엄청 올린 것이다. 하지만.
'총 120이 되어야 한다는 거네.'
레벨 120이 되어야 모든 열매를 먹을 수 있다.
"그동안 정말 고생했네."
"넵, 그동안 정말 감사했습니다."

"자네라면 훌륭한 농사꾼이 될 수 있을 거라 믿네."

"네, 기회가 되면 다음에 또 뵐 수 있었으면 좋겠어요!"

민혁은 예의 바르게 90도로 꾸벅 고개를 숙여 보였다.

블란에겐 미안한 일이 많다. 왜냐, 그의 모든 감자와 고구마를 먹어버렸기 때문! 민혁도 양심이란 게 있었다.

그가 소곤거리듯 말했다.

"감자 남겨뒀습니다."

"오오오오오! 그래, 고맙군. 참, 자넨 이제 마차를 타고 황제의 도시로 간다고 했지?"

"네."

텔레포트는 레벨 제한이 존재한다. 100레벨 이전에는 40㎞ 내의 마을까지만 이동할 수 있고 200레벨부터 자신이 있는 제국의 모든 곳을 갈 수 있다. 이는 아테네의 유저들이 더 많은 곳을 경험하고 보기를 바란다는 마음으로 설정한 제한으로 알려져 있다.

"그럼 안녕히 계세요!"

그렇게 인사하는 민혁은 흡족한 미소를 지었다.

'나도 양심이 있지!'

그랬기에 정말 양심적으로 감자를 놓고 간 민혁이다.

그가 사라지고 블란이 감자밭으로 향했다.

"그래, 역시 이 녀석도 양심은 있었어!"

참, 성격도 좋고 예의도 바른 녀석이었다. 고구마를 다 먹은 게 좀 그렇지만 감자를 몇 박스 정도는 놓고 갔겠지.

그렇게 감자밭으로 온 블란.

"……이게 양심적으로 놓고 간 거냐!!"

다 파헤쳐진 감자밭. 그 중앙에 김을 모락모락 피우는 요리된 감자가 있었다. 그것도 딱 한 알의. 둘도 셋도 아닌 단 한 알!

블란은 몰랐지만, 민혁은 그 감자를 놓고 가기 전에 많은 갈등과 고뇌에 휩싸였었다. 손은 네가 먹어버려! 였지만, 가슴 깊은 곳 최소한의 양심(?)으로 한 알을 놓고 간 민혁. 그의 기준으로는 엄청난 일을 해낸 것이다!

감자를 집어 든 블란은 그가 남긴 쪽지를 볼 수 있었다.

[감자는 역시 휴게소 감자죠!]

블란은 그것을 읽고 휴 하는 한숨을 쉬며 감자를 입에 넣고 우물거렸다.

"……맛은 있네."

그러다 하하 웃었다.

"이번 농사는 멧돼지가 왔다 간 것 같아. 아니, 그 녀석들보다 더해."

그가 훌쩍였다.

검은색 복면을 쓴 은빛의 단발머리. 몸에 쫙 달라붙는 가죽 갑옷을 입고 있었지만, 그 굴곡지고 아름다운 몸매는 감춰지지 않았다. 이스빈 마을과는 어울리지 않아 보이는 고급스러운 장비들을 착용한 이 여인은 바로 세간의 관심을 받고 있는 루시아였다.

"황궁으로 가나요?"

"그렇다네, 10만 골드일세."

마차를 모는 마부의 말에 고개를 끄덕인 루시아가 돈을 건네고 올랐다. 마차 안에는 아무도 없었다.

그녀는 이곳 이스빈 마을에서 특별한 히든 퀘스트를 하나 달성하고 황제의 도시로 가는 마차에 올랐다.

'엘레의 검술……'

그녀는 도적 계열의 유저였다. 하지만 그런 그녀에게도 엘레의 검술은 무척이나 탐이 나는 스킬이다.

전국적으로 물량이 많이 풀리지 않은 에픽 스킬이기도 했지만, 결정적으로 엘레와 친분을 쌓는다면 추후에 그녀가 한 길드를 이끄는 길드장이 되고 영지와 같은 곳의 주인이 됐을 때, 도움을 많이 받을 것이란 생각이 들었다.

'그렇게 되면 오빠를 뛰어넘을 수 있을 거야.'

그녀가 미친 듯이 달리는 이유. 그것은 자신의 친오빠, 카인을 넘어서기 위해서다.

그와 루시아는 배다른 남매다. 카인은 항상 남들보다 뛰어났다. 루시아는 그를 보며 시샘하고, 이기고 싶어 했으며 인정받고 싶어 했다. 하지만 한 번도 그러질 못했다.

그렇지만 이곳 아테네에서는 달랐다. 피지컬, 실력, 직업까지 모든 부분에서 자신이 압도적이다.

'오빠도 날 인정해 주겠지.'

그녀는 픽! 차가운 웃음을 지었다. 다리를 꼰 채 팔짱을 낀 그녀는 천천히 눈을 감았다.

피곤했다. 잠이 몰려오기 시작한다.

"이거 황궁으로 가는 마차 맞나요?"

"그렇다네."

"오호, 멋진 마부님이 끌어주시니 안심하고 갈 수 있겠어요. 와! 백마가 참 맛있게…… 아니, 아니, 멋지게 생겼네요!"

"하하하하, 내가 애지중지 키우는 녀석이거든. 근데 자네 뭘 그렇게 먹고 있나?"

서서히 잠에 잠식되어 가는데, 이야기 소리가 들린다. 하지만 피곤한 루시아는 그대로 곯아떨어져 버렸다.

시간이 얼마나 지났을까. 꿈속의 루시아는 오빠와 마주 앉아 있었다. 꿈속에서 카인이 말했다.

'루시아, 아주 대단해. 네가 대회 1위를 해냈어. 정말이지 멋지더구나.'

‘고마워.’

꿈속에서 둘은 대화했다. 그녀는 평소의 모습과 다르게 꽤 수줍은 모습이었다. 오빠가 말했다.

‘그리고 이 오빠, 네가…….’

"감자 맛있졍!"

‘감자 같구나.’
‘……응? 오빠, 뭐라고?’

꿈속의 카인이 이상한 말을 했다. 그리고 자신의 머릿속에도 이상한 말이 맴돈다.
"우와, 감자야. 넌 왜 뭘 해 먹어도 맛있니! 와구와구."
갑자기 꿈속의 카인이 빙긋 웃으며 말한다.

‘감자 맛있졍.’

꿈속에서 갑자기 감자들이 쏟아져 내리기 시작했다. 작은 공간을 가득 채울 정도로 차기 시작한 감자.

'꺄아아앗, 사, 살려줘……! 가, 감자에 수, 숨이…… 컥!'

너무 많은 감자에 숨이 막히기 시작했다. 그리고.

"커허업, 감자가 너무 많아!"

그녀가 꿈에서 완전히 깨어났다. 주변을 둘러본 그녀는 꿈이라는 사실을 알고 당황했다. 너무나 생생했다. 거기에 감자의 냄새가 실제 코로…….

"어?"

그녀는 볼 수 있었다. 눈앞에 이상한 사람 보듯이 자신을 보는 한 남성이 있었다. 그는 본능적으로 자신이 들고 있는 무언가를 감추며 와구와구 먹고 있었다.

자세히 들여다보니 일회용 용기에 들어 있는 휴게소 감자였다. 구운 모양새를 보니 겉은 검게 그을렸지만 속은 노릇노릇해 보였다. 그 위로 뿌려져 있는 설탕, 또 버터를 발라 구웠을 테니 맛은 더 좋을 거다.

열심히 먹던 사내가 갑자기 슬픈 표정을 지었다.

"흐엉, 하나밖에 안 남았어……."

세상을 다 잃은 듯한 표정. 그를 본 루시아는 황당해졌다.

'아, 아니. 장난치는 게 아니라, 진짜 슬퍼하고 있잖아?'

그녀는 이해할 수 없다는 표정이었다.

'저깟 감자가 뭐라고?'

곧 사내가 입에 감자를 밀어 넣더니, 우물거리며 맛을 음미했다. 그걸 보는 루시아는 자신도 모르게 그 감자의 맛을 상상해 버렸다.

버터를 두르고 구운 뒤에 설탕이나 소금을 뿌리고 한 입 크게 베어 문다. 따뜻한 그것이 입안으로 들어가면 뜨거움과 함께 그 열기에 녹은 설탕 맛이 느껴지고 씹으면 노릇노릇하게 잘 익은 맛에 미소가 감돌지 않던가. 그녀는 자신도 모르게 침을 흘리고 있었다는 사실을 자각하고 깜짝 놀랐다.

'뭐, 뭘 저렇게 맛있게 먹는 거야.'

하지만 그녀는 침착한 표정으로 눈을 감았다.

'잠이나 자자.'

그러던 중 또다시 부스럭거리는 소리가 들린다. 이번에는 코끝으로 고소한 기름 냄새가 풍겼다. 추석이나 설날에 집에서 풍겨오는 듯한 그런 기름 냄새 있지 않은가? 계속해서 식욕을 자극하는 그 냄새!

"으하하. 감자전 최고!"

"저기요. 조용히 좀 드세요. 공공장소잖아요."

"아, 네네. 죄송합니다. 죄송합니다."

루시아가 한 소리를 따끔하게 한 후, 눈을 감았다. 한데, 사운드가 들린다.

바삭바삭-

'감자전을 얼마나 노릇노릇 잘 구웠길래, 저런 소리가 나지?'

모든 부침개의 화룡점정은 바로 그 끝부분이다. 끝부분을 노릇노릇 바삭하게 구워주면 씹는 맛이 있으니까. 그 바삭바삭한 소리가 루시아의 귀에 들려온다.

꿀꺽.

그녀가 자신도 모르게 침을 한 번 삼켰다.

"와아아아앙."

눈을 감아도 들리는, 사내가 입을 벌리는 소리에 루시아는 자신도 모르게 입을 벌려 버렸다.

"와구."

그리고 진짜로 씹는 것처럼 입을 오물거린다.

"맛있겠다……."

흠칫!

그녀는 자신도 모르게 무의식적으로 내뱉은 말에 깜짝 놀랐다. 앞에 앉은 사내도 깜짝 놀란 듯했다.

그는 감자전을 갑자기 품으로 감췄다. 마치 뺏기지 않겠다는 듯.

"아, 신경 쓰지 말아요. 저 배 안 고파요. 감자전 말고 이따가 현실에서 먹을 음식 있어서 그거 생각하고 한 말이에요."

"그래요? 뭐 먹는데요?"

그녀는 민망했기에 아무렇게나 둘러대었다.

"소, 소고기요."

"소고기요?"

사내의 눈이 화등잔만 하게 커졌다. 정말 눈이 튀어나올 것처럼 커졌다는 거다. 그러더니 고개를 앞으로 쭉 내밀고 말했다.

"어, 어떻게 드실 건데요?"

"그야 살짝만 구워서 소금에 찍어서 먹어야죠."

"우와 우와 우와……. 그렇게만 먹을 거예요?"

그는 어서 빨리 말해달라는 듯 침을 꿀꺽 삼켰다. 그 목소리에 절실함이 느껴졌다.

"당연히 아니죠, 쌈장에 찍은 다음, 상추에 올리고 파채, 마늘, 명이나물을 올려야죠."

"캬! 님, 배우신 분이셨군요! 그리고 한입에 넣으실 거죠?"

"후후후. 그럼요, 그럼요."

루시아는 이상하게도 갑자기 자존감이 하늘 끝까지 치솟는 기분이었다. 소고기를 먹는다는 것에 자신이 대단한 사람이 된 것 같았던 거다!

"크흐, 소고기에 고추냉이 얹어서 먹어도 맛있는데!"

"아, 맞아요. 그거 정말 맛있죠."

"맞다, 님 그것도 아세요?"

"어떤 거요?"

"아침에 일어나서 먹는 소고기미역국이요. 거기에 밥을 말은 다음에 잘 익은 김치나 깻잎무침을 얹어 먹는 거죠."

"와아아아, 저 침 고였어요."

"전 아까 고였는데요?"

그것은 두 사람의 무의식이었다. 둘은 무의식중에 오랜 친구처럼 음식 이야기를 하고 있었다. 흐름이 너무나 자연스러워 눈치채지 못하고 있었던 거다.

"소고기를 드신다니, 세상 다 가지신 분……."

"감자전도 맛있겠는데요, 뭘."

꼬르르륵!

그러던 중, 루시아의 배가 밥 달라고 요동쳤다. 생각해 보면 그녀는 히든 퀘스트를 깬 후에 곧바로 마차에 올랐다.

그녀가 힐끗힐끗 감자전에 곁눈질을 했다.

"저……."

"……."

"한 입만 먹어보면 안 될까요?"

"으으으으으……!"

그러자 사내가 갑자기 엄청난 고뇌에 빠진 표정으로 자신의 머리를 감싸 쥐었다.

민혁은 고뇌하고, 고뇌하고 또다시 고뇌했다!

'이럴 수가……. 내가 이렇게 착한 사람이었다니?'

블란의 감자도 약 800개 정도를 캔 후에 한 알을 남겨주는 미덕(?)을 발휘했다. 정말 힘겨운 자신과의 싸움이었지만 미안한 마음에 해낼 수 있었다.

그리고 이 앞에 있는 정체 모를 여자! 사실 민혁도 자신이 폐를 끼쳤다는 사실을 알고 있었다. 마차 안에서 음식을 먹어 그녀의 잠을 방해한 게 맞았으니까. 또 냄새를 풍겼으니까. 본래 이유가 없다면 주지 않을 그였다. 하지만 폐를 끼쳤으니 미안한 마음은 있던 것!

그는 곧 힘겹게 결단했다.

'그, 그래…… 한 젓가락이라면……!'

"드, 드세요……."

민혁이 그렇게 말하며 젓가락을 내밀었다.

"감사합니다!"

여인이 자신의 복면을 내리자 얼굴이 드러났다. 드러난 얼굴은 자신 있다는 듯 웃고 있었다.

그녀는 누가 봐도 엄청난 미녀였다. 알리샤와 견줄 정도로 엄청난. 조금 다른 점은 알리샤가 고양이상이라면 그녀는 순한 강아지상이었다. 하지만 차가운 표정에 아기 진돗개 같은 귀여운 얼굴이 감춰져 잘 보이지 않았다.

그녀는 민혁이 건넨 젓가락을 잡았으나, 그가 놓지 않는 걸 느꼈다.

"이, 이것 좀 놔주시겠어요?"

"아아아, 네……!"

"아, 아니, 놓아주셔야 먹죠……!"

"네!"

민혁은 온 힘을 다했다. 오른손아 젓가락을 이만 놓아주렴!

하지만 결국 루시아가 힘으로 끌어당겨 젓가락을 빼냈다.

그녀는 감자전을 젓가락으로 찢어서 들어 올렸다. 그리고 간장 양념에 콕콕 찍은 다음 입으로 가져가 우물거렸다.

"와아아……."

뜨뜻하면서도 노릇하다. 감자전의 깊은 맛에 감탄이 나온다. 어찌나 쫄깃한지 입안이 즐거웠다. 루시아는 자신도 모르게 헛기침을 하며 다시 감자전으로 슬그머니 손을 뻗었다.

그러던 중.

스르르릉-

"손모가지 날아가고 싶어요?"

민혁이 검집에서 검을 반쯤 뽑았다.

"와, 됐어요. 치사해서 안 먹어! 어떻게 사람이 젓가락질 한 번 더 했다고 사람을 PK 하려고 해요?"

"한 젓가락만 먹기로 했잖아요. 님 솔직히 PK 당해도 할 말 없어요!"

"여러분, 여기 이분이 한 젓가락 더 먹으려고 하니까 죽이려고 하는데, 어떻게 생각하세요? '헉? 어떻게 그런 사람이 있을 수가 있지? 고작 한 젓가락 더 인데!' 들려요? 다른 사람들 말하는 거?"

"북 치고 장구 치고 하지 마세요. 안 되는 건 안 되는 겁니다!"

"쳇!"

"흥!"

그녀가 몸을 홱 틀고 그도 몸을 홱 틀었다.

민혁이 정말 빈정 상한 표정으로 감자전을 와구와구 먹고 있는 것을 본 루시아는 문득 이 상황이 우스워졌다.

"푸흡!"

"……?"

"아하하하하, 감자전이 뭐라고 이러고 있는 건지!"

정말 아무것도 아닌데, 대단한 것도 아닌데, 순간 자신도 마음이 상했다. 한데 곰곰이 생각해 보니 정말 웃기고 재밌었다. 이 남자, 재밌는 에너지를 발산하는 남자다.

하지만 그 남자는 여전히 토라져 있다.

"님, 화 풀어요."

"흥! 님은 여동생의 오빠 같은 사람이에요. 라면 한 젓가락 먹겠다고 해놓고 다 먹어버리는!"

"라면? 아, 맞다. 나 라면 있는……."

말이 끝나기도 전에, 민혁이 빛보다 빠르게 입을 열었다.

"취소! 지금 보니 엄청난 미녀시네요? 우와 심지어 머리숱도 풍부하시고 눈썹 숱도 풍부하고, 엇? 그러고 보니 입술 옆에 있는 점이 아주아주 이쁘네요. 와, 심지어 손톱도 이쁘시고 심지어 손톱에 조금 낀 때도 이뻐요!"

빠른 태세 전환.

"라면……."

"와, 님은 인제 보니 목소리까지 최고예요."

"같이 먹을래요?"

"네에에에!"

날씨가 아직 많이 춥다. 하지만 민혁과 마부, 그리고 루시아는 마차의 바로 앞에 자리를 깔고 앉아 통성명을 했다.

곧 민혁이 꺼낸 버너의 물이 끓기 시작했다.

"앗? 물 너무 많은 것 같은데? 물이 너무 많아요!"

루시아가 말했다. 그 말에 민혁이 의미심장한 표정을 지었다.

"간단한 방법이 있잖아요?"

"그죠, 물을 덜어내면……."

"라면 한 봉지를 더 넣으면 되죠!"

루시아가 감탄했다. 그러고는 정말 진지한 표정으로 턱을 쓸며 말했다.

"그렇게 대단한 방법이 있었군요."

그러다 아차 했다.

'나 왜 이런 거에 놀라워하면서 납득하는 거지?'

어느새 민혁에게 동화되고 있었던 거다.

민혁이 한 봉지를 더 까서 넣었다.

루시아는 라면을 꽤 많이 가지고 있었는데, 히든 퀘스트 보상으로 라면을 받았다고 했다. 받고 나서 어처구니가 없었다나 뭐라나.

퀘스트는 이스빈 마을에서 깼는데, 보상으로 받아온 라면을 확인해 보니, 태양의 밀로 만들어진 거였다. 히든 퀘스트는 이처럼 간혹 아주 황당한 보상을 주곤 했는데, 루시아에겐 별

볼 일 없는 보상 같았지만, 민혁에겐 너무나도 행복한 보상이었다.

'언제 한번 태양의 밀로 라면을 만들어 먹겠다고 생각하고 있었건만!'

민혁은 '건강한 라면'이나 '칼로리를 위해 양파를 넣었어요~' 같은 것보다 정말 순수한 인스턴트 라면이 먹고 싶었다. 한데, 이 라면은 태양의 밀인데, 인스턴트이기도 했으며 라면 봉지에 '찐라면 매운맛'이라고 쓰여 있었다.

그가 좋아하는 모습을 보자 루시아는 자신도 모르게 기분이 좋아졌다.

'이상하게 편안해지네……'

이런 알림이 들리는 것 같았다.

'민혁과의 친밀도가 상승합니다.'

라면을 끓인 뒤로 민혁이 엄청나게 호의적으로 변했던 것!

민혁은 라면 면발을 들어 찬바람을 맞히며 꼬들꼬들하게 잘 익혔다. 거기에 이미 식품 보관 인벤토리에서 밥과 김치를 꺼내놓았다. 밥은 조금 식은 밥이었다.

"식은 밥을 국물에 말아 먹으면……!"

"둘이 먹다가 하나가 죽어도 몰라!"

"헤헤헤!"

"호호호호!"

"오늘 마차 안에서 두 사람 처음 만나지 않았는가?"

"맞아요."

"맞습니다."

"그런데 두 사람, 정말 친해 보이는군."

마부는 흐뭇한 미소를 짓고 있었다.

어느덧 라면이 잘 끓었고 불을 끈 일행은 먹을 준비를 했다.

라면.

배고플 때 먹으면 언제든 맛있다. 새벽 1시에 먹어도, 혹은 바다나 계곡에 가서 물놀이하다가 먹어도 맛있다.

제네럴이 틈만 나면 말하는 군대 일화 중 하나처럼 위병소 근무를 설 때 수통에 뜨거운 물을 담아가서 후임병에게 '야, 망 잘 봐라.' 하고 초소에서 뽀글이를 해 먹어도 맛있다는 거다. 그리고 지금은 손이 꽁꽁 얼 정도로 추운 날씨! 라면이 생각나는 날씨였다.

민혁은 정말이지 허기가 졌다. 물론 휴게소 감자와 감자전을 먹긴 했지만, 그는 항상 배고픈 남자 아니던가.

그는 냄비에 젓가락을 뻗었다. 그리고 면을 한가득 집어서 자신의 그릇에 옮겼다. 그 상태에서 면을 집어 들고 후! 후! 하고 불어준 후, 입안으로.

"후루루루루룹!"

면을 흡입해 준다.

"크하! 너무너무 맛있다⋯⋯!"

민혁은 감탄에 감탄을 그치지 않았다. 냄비를 통째로 들어

그릇에 그 국물을 담는다. 그리고 면을 다시 후루루룹, 그러
곤 그릇을 들어 국물을 들이켠다.

"커허어."

언 몸이 녹는 것 같다. 야외에서 먹으니 더 맛있다.

거기에 면을 다시 흡입하고 잘 익은 김치를 먹는다.

아삭아삭-

김치와 라면은 떼어놓을 수 없는 찰떡궁합 아니겠는가?

그에 질세라.

"후루루루루루룹!"

루시아도 냄비 뚜껑 위로 면을 가득 받아 그대로 들이켰다.

"어렸을 땐 컵라면 먹을 때 뚜껑 접어서 그릇 만들어 먹었었
는데."

"크! 어렸을 때부터 먹을 줄 아셨네!"

"제가 이런 여자입니다."

루시아가 빙긋하고 웃었다. 그러다 그녀는 문득 궁금해졌다.

"레벨이 79라고 했죠? 황제의 도시는 왜 가는 거예요?"

"대회 때문에요."

"대회요?"

루시아는 다소 놀랐다. 자신과 목적이 같다.

그녀가 조심스레 물었다.

"혹시 저 몰라요?"

"루시아잖아요."

"……아니, 그거 말고."

요새 신문에 자신의 얼굴이 걸리지 않은 곳이 없다. 그 때문에 갑갑하지만, 복면을 항상 착용한다.

하지만 민혁은 이게 포인트라는 듯 히죽 웃으며 말했다.

"밥 말기 전에 면을 조금 남겨주면 더 맛있죠!"

'과, 관심도 없다…….'

루시아는 다소 당혹스러울 수밖에 없었다. 요새 가장 큰 관심을 받고 있는 자신인데!

"저도 대회 참가하는데."

"아, 그러시구나. 으흥."

민혁은 국물에 밥을 말아서 한 입 크게 떴다.

"아삭아삭!"

거기에 김치를 올려서 먹었다.

"루, 루시아 님……!"

"왜요?"

루시아는 민혁이 자신을 몰라줘서 조금 토라졌다.

"진짜 너무너무 맛있는데 어떻게 하죠……? 이 냄비를 들고 도망치고 싶을 정도인데!"

"마, 많이 드세요!"

하지만 그러다가 픽 웃었다. 자신을 몰라준다. 숨기지 않아도 된다. 오히려 이게 더 편한 것 같기도 하다.

그러다 그녀가 물었다.

"참, 님은 직업이 뭐예요?"

그 말에 민혁은 생각했다.

'요리사에 가깝지.'

"요리사요."

"아, 그쪽 대회로 가는구나. 전 도적이에요."

황궁에서 열리는 대회는 전투형 직업들의 대회와 생산직 직업들의 대회로 나뉜다.

'검을 들고 있어서 전사신 줄 알았는데.'

루시아는 생각했다. 그와 대회에서 싸울 일은 없겠다고.

"앗, 제 것도 남겨요!"

그리고 어느새 바닥을 드러내는 냄비를 보며 서둘러 숟가락을 뻗었다.

[앗, 제 것도 남겨요!]

"후루루루룹!"

회사 내에 구비되어 있는 컵라면, 새우탕탕면에 뜨거운 물을 붓고 단숨에 들이켜는 이민화는 모니터에 집중하고 있었다. 모니터를 보다가 컵라면을 양손으로 집어 후후- 하고 국물을 불어준 후에 한 모금 마셨다.

"헤…… 살 것 같아."

그 말을 뱉은 이민화. 그녀가 곧 노려보듯 모니터 속 안의 루시아를 바라본다. 민화는 민혁에게 조금 서운했다.

'웃어주지 마!'

그러다가 문득 멈칫한다.

"이민화. 너 왜 그래?"

그저 특별 유저 관리팀의 직원이었기에 모니터링을 하는 것뿐이다. 그런데 왜 두 사람이 기분 좋게 대화를 나누는 모습에 가슴이 허해지는 걸까.

그녀는 마지막 남은 면발을 흡입한 후에 중얼거렸다.

"일에 집중하자, 일에."

지금 중요한 것은 바로 이것이다.

"민혁 유저도 대회에 참가한다……. 그리고 최고의 우승 후보 루시아와 동행해서 간다라."

SNS 혹은 TV 매체를 통해서 계속해서 이름을 알리는 루시아. 얼마 전에는 77레벨인 그녀가 120레벨대의 몬스터 잔하크를 사냥하는 동영상이 즐투브에 공개되었다.

그 영상은 국내뿐만이 아니라 세계적으로 뻗어 나가 수백만 이상의 조회 수를 기록하고 호응을 얻어냈다. 모두가 대회의 우승을 루시아라고 생각하는 상태.

사람들은 그 대회를 손꼽아 기다리는 중이었다.

하지만 이민화는 그들과 생각이 달랐다.

'민혁 유저도 대회에 참가할 줄이야……. 이유가 뭐지? 혹시 편의점 먹거리 먹으려고?'

그러다가 풉 하고 웃었다.

"에헤이, 설마. 아무리 먹을 게 좋아도 다른 이유 없이 순수하게 그것 때문에 참가하겠어?"

그녀는 고개를 절레절레 저었다. 그러다가 박 팀장이 생각보다 오지 않자 고개를 갸웃했다.

'회의가 생각보다 길어지는데?'

박 팀장은 현재 중요 회의를 진행하러 갔다. 대회와 관련된 모든 것이 사실상 이 회의에서 정해진다.

바로 그때.

벌컥-

문이 열리면서 박 팀장이 들어왔다. 박 팀장의 표정은 좋지 않았다. 그는 모니터를 바라봤다.

"정말 이런 우연이 있을까?"

"왜 그러세요?"

"이번 대회에 몬스터도 나타난다는 거 알고 있지?"

"아, 네. 알고 있습니다. 90레벨의 벨토, 100레벨의 브라칸, 110레벨 매혹의 세이렌이죠. 그리고 이벤트용 네임드 몬스터도 있지 않나요?"

"그래, 이벤트용 네임드 몬스터."

바로 오늘 이벤트용 네임드 몬스터가 운영자들에게도 오픈

되는 날이었다. 네임드 몬스터에는 운영자들도 꽤 큰 관심을 가지고 있었다.

강력한 몬스터들이 투입되는 이유는 하나, 바로 유저들에게 보여주기 위함이다. 정말 실력 있는 자들은 자신보다 레벨이 더 높은 고렙의 몬스터를 사냥할 수 있다. 이는 개인으로도 가능할 수도 있지만, 단합해서도 가능하다.

그리고 마지막 네임드 몬스터.

"이번 네임드 몬스터, 아예 잡지 말라고 넣었대."

"아, 그래요?"

"그래, 하지만 그에 도전하는 유저들 모습이 호응을 이끌어 낼 거라고. 더군다나, 너도 알지?"

그 말에 이민화는 고개를 끄덕였다.

"아테네의 신이 설정한 거군요?"

박 팀장이 고개를 끄덕였다.

아테네의 신. 그는 단순히 신이 아니다. 아테네 세계관 전체를 관장하고 다양한 것에 참여하는 슈퍼컴퓨터이다. 대부분 모든 설정에는 아테네의 신이 관여한다.

"그런데 왜 그러세요? 뭔가 되게 불안해 보이세요."

"아테네의 신은 이번 보스 몬스터를 이필립스 제국의 두 수호자 중 하나로 설정했어."

그 말에 이민화는 곰곰이 생각해 봤다.

하나는 피닉스다.

한데, 피닉스는 레벨 350대의 고레벨 네임드 몬스터였으며 불의 깃털이라는 광범위 마법을 사용하면 사실상 그 자리에 있는 유저들이 모두 죽을지도 모른다. 그 정도로 강력하고 말이 안 되는 몬스터.

그리고 두 번째 수호자 몬스터. 잠깐 생각하다 아차 한 이민화의 눈이 크게 떠졌다.

"서, 설마……!"

"그래, 그 설마가 맞아."

"미, 미노타우르스요?"

박 팀장은 고개를 끄덕였다.

"근데 미노타우르스 레벨 140 정도 되지 않아요?"

"말했잖아, 깨지 말라고 넣는 몬스터라고."

"그런데 그 정도 격차면 유저들 학살하고 다닐지도 모르잖아요. 반감 살 것 같은데……."

"미노타우르스를 선몹이 아니게 설정했다더군, 대회 안에서만."

"아……."

"80레벨의 유저가 두 배 가까이 강한 몬스터에게 도전한다. 사람들은 열광하고 좋아하겠지, 물론 내 개인적 생각이지만 루시아는 도전하지 않을 거야."

이민화는 고개를 끄덕였다. 두 사람이 이제까지 본 루시아는 침착하고 자신이 이길 수 있을 거란 확신이 있을 때만 전투

했다. 그 때문에 그녀는 도전하지 않을 거다.

"하지만 다른 유저가 도전하겠지."

그 말에 이민화는 감이 왔다. 그녀는 휙 고개를 돌려 모니터를 봤다.

"식신……."

"그래, 아마도 이번 대회는……."

박 팀장의 눈이 가늘어졌다. 모니터 너머 밥을 모두 먹고 배를 통통 두들기며 '넘나 행복한 것!' 미소를 짓는 민혁을 보았다.

"저 유저가 휘어잡지 않을까."

마차는 계속해서 황궁을 향해 나아가는 중이었다. 민혁은 마차가 잠시 쉬는 시간에 서둘러 그곳에서 내렸다.

"다녀올게요!"

"너무 멀리 가지 마시게나."

마부가 말했다.

루시아는 잠시 일이 있다고 접속을 종료했다. 마차의 이용료를 내고 이동 중에 마차 안에서 로그아웃하면 캐릭터는 계속 '나아간다'로 설정된다.

민혁은 멀지 않은 곳의 나무에 있는 버섯을 발견했다.

(브라드 버섯)

재료 등급: E

특수 능력:

• 없음

설명: 흔하게 자라 있는 브라드 버섯. 맛은 표고버섯과 흡사한 편이다.

민혁은 흐흐 하고 웃은 후, 손을 뻗었다.

만약 민혁처럼 손재주 스텟이 높지 않고 거기에 초급 농사를 배우지 않은 경우 이런 버섯을 따는 것도 매우 힘들다. 마치 고구마를 캐려 하는데, 땅에 호미가 잘 박히지 않았던 것처럼. 하지만 민혁은 가뿐히 따낼 수 있었다.

[브라드 버섯을 획득합니다.]

[초급 농사 효과로 잘 자란 브라드 버섯을 획득합니다.]

"오……!"

민혁은 감탄했다.

초급 농사는 현재 9레벨이었다. 이러한 종류의 스킬은 마스터 레벨이 10이고 마스터하면 곧바로 다음 급으로 넘어가게 된다.

(잘 자란 브라드 버섯)

재료 등급: D

특수 능력:

• 정력에 좋다.

설명: 몇백 개 중 한 개꼴로 난다는 잘 자란 브라드 버섯. 먹자마자 효과를 볼 수 있을지도?

"음……."

쓸 일 없는 민혁이었지만 곧 웃었다.

"더 맛있겠지!"

그렇게 웃던 중.

"으, 으아아악!"

마부의 비명이 들려왔다.

마부 바란은 공포에 덜덜 떨 수밖에 없었다.

서서히 거리를 좁혀오는 녀석들은 기다란 뱀의 혀를 날름거렸다. 한 손에는 방패, 한 손에는 녹이 슬고 이가 빠진 검이 들려 있었고 거기에 허름한 갑옷을 착용하고 있는.

레벨 90대의 리자드맨들이었다.

"끼끼끽."

"끼끼끼낑."

"하, 하필이면 오늘……."

이곳에 리자드맨들이 출몰하는 경우가 아예 없진 않다. 하지만 벼락 맞을 확률만큼 아주 간혹 나타난다. 그런데 하필 오늘이라니……!

'루시아라는 여인은 지금 없어, 또 그 청년은……'

요리사이지 않던가.

"히히히힝!"

겁에 질린 백마가 위험을 감지한 듯 날뛴다.

바로 그때, 수풀 한편에서 나오는 그 청년이 보였다.

바란은 그에게 턱짓했다.

'도망가게, 어서!'

바란은 저 청년이 무척 좋았다. 마차를 타는 이방인들은 대부분 무개념이 많았다. 게임 속 설정이지만, 바란은 몇 년 전 자식과 아내를 잃었다. 그래서 그런지 청년을 볼 때마다 아들 같아서 너무나 좋았다. 싹싹하고 밝게 웃는 모습에 웃게 된 날이 많았다. 이방인들은 죽어도 살아난다지만 그가 피해를 입진 않았으면 했다. 또 이방인들은 고작 자신들을 위해 피해를 감수하려는 자들은 거의 없으니까.

하지만 사내는 곧바로 허리춤의 검을 뽑아 들었다.

스르릉-

"도망치라니까! 내가 주의를 끌 테니까, 도망쳐!"

하지만 사내는 달려왔다.

바로 그 순간.

수우우웅-

푸직!

"끼기긱!"

암수가 날아와 리자드맨의 가슴에 꽂혔다.

사르르르르!

거짓말처럼 리자드맨이 가슴팍부터 재로 변하기 시작했다. 마차 안에서 천천히 걸어 나오는 루시아. 그녀가 복면을 끌어 올려 자신의 얼굴을 감췄다. 큼지막한 눈만 보이는 그녀.

스르릉-

양쪽 허리춤에 있는 단도 두 개가 모습을 드러냈다.

"위험하니까 가만히 있어요, 민혁 님도 마부님도."

"하, 하지만 이놈들은 레벨 90대라고. 그리고 아직 세 마리나……."

바란의 말이 끝나기도 전.

타앗!

루시아가 허공으로 날아올랐다.

리자드맨 한 마리가 날아오른 그녀를 향해 힘껏 검을 찔러 넣었다. 검은 정확히 그녀의 가슴팍을 꿰뚫었다.

푸지이익!

그 순간.

퍼어어엉!

그녀의 몸이 하얀 연막을 흩뿌렸다. 연기 속에서 모습을 드러낸 것은 다름 아닌, 나무토막이었다.

곧이어 그녀의 손이 리자드맨의 그림자에서 뻗어 나와 다리를 베어낸 순간.

푸화아앗!

이번에도 리자드맨이 재로 변화하기 시작했다.

루시아는 다시 그림자 속으로 숨어서 사라졌다.

이어서 다른 리자드맨의 그림자에서 몸을 일으킨 그녀의 단도가 급소를 빠르게 네 번 찔렀다.

푹푹푹푹!

목, 가슴, 옆구리, 허벅지. 그녀에게만 보이는 급소.

[치명타가 터졌습니다.]

[치명타가…….]

치명타가 세 번이나 터졌다.

또다시 한 마리가 죽고 나서, 빠르게 리자드맨과 거리를 좁힌 그녀가 녀석의 목을 향해 단도를 힘껏 찔러 넣었다.

푸지이익!

푸화앗!

이어 가뿐히 뽑아낸 후, 호흡을 추슬렀다.

"후우, 괜찮아요?"

바란은 다리에 힘이 풀린 듯 털썩 주저앉았다.

멀지 않은 곳에서 그 모습을 바라보고 있던 민혁은 멍한 표정으로 그녀를 보고 있었다. 그녀는 괜히 머쓱해져서 손가락을 V자로 하며 얼굴 옆에 가져갔다.

"저 멋있죠?"

"오오오오오……!"

그러면서 민혁이 달려왔다.

깜짝 놀란 그녀가 뒷걸음질 쳤을 때. 민혁은 바로 인근의 나무에 가서 버섯에 손을 뻗고 있었다. 그는 그녀가 아니라 나무 밑을 보고 있던 것이다.

"여기도 버섯 있었어! 우와! 이건 팽이버섯 맛이 난대요!"

"나 안 멋있냐고요!"

괜히 어깨를 으쓱했다가 다소 실망한 루시아다.

'그의 칭찬을 받고 싶었건만!'

"아~ 정말 멋있어서, 감탄에 경악, 무릎을 탁 치고 갑니다~"

그의 관심 없는 목소리에 루시아는 픽 웃었다.

'매력 쩌네……'

그러다 조금 전의 상황이 떠오른 그녀가 말했다.

"근데 요리사면서 싸우려고 했어요?"

"저 잘 싸웁니다."

그는 마부와 친하게 지냈으니, 아마도 위험에 처한 마부를 보고 무모한 도전을 하려 했나 보다. 농담으로 던진 것 같은 말에 루시아가 웃으며 생각했다.

'NPC와 너무 정을 쌓으면 좋진 않은데.'

적당히 거리를 두는 게 좋다. 그런데 자기까지 희생해 가며 싸움을 하려 하다니?

'뭐, 그것도 매력인가?'

루시아가 생각한 민혁의 무력은 약 50레벨대의 전사 정도였다. 요리사라는 직업은 한계가 있었으니까.

마차가 황궁에 거의 도착해 간다. 잠시 쉬기로 하고 마차 안으로 들어온 바란은 쓱싹쓱싹 비벼지고 있는 것들을 보았다.

민혁이 계속해서 따 왔던 버섯과 나물 등을 이용해 만든 비빔밥이었다. 고소한 기름내에 침이 꿀꺽 넘어간다.

루시아도 마찬가지였던 듯, 수저를 물고 있는 그녀는 배를 부여잡고 침을 삼켰다.

"자, 루시아 님 거, 마부님 거."

"조금만 더 줘요."

"안 돼요. 살쪄요!"

"……여긴 살 안 찌거든요? 저 그리고 빼빼 말라서 살 좀 쪄야 하거든요?"

"노노, 저는 루시아 님이 정말 걱정되어서 그래요. 그래서 절대 안 됩니다."

물론 그것은 민혁의 치밀한 거짓말이었다.

"그러면서 님은 왜 계란프라이 열 장에, 양푼도 아니고 철 대야에 비빔밥을 먹나요!"

"전 뚱보니까요. 뚱보 만세!"

민혁은 그렇게 얼버무리면서 어깨춤을 췄다. 루시아는 포기한 듯 고개를 저었다.

민혁의 비빔밥 옆에는 출발하기 전 구매한 시래기와 된장으로 끓인 시래깃국도 함께 있었다. 비빔밥을 먹을 때 된장으로 끓인 시래깃국을 먹어주면 더 좋다.

비빔밥을 큼지막하게 한 수저 펐다. 너무 짜지도 싱겁지도 않도록 고추장과 기름의 배율을 적당하게 맞췄기에 좋은 빛을 띠고 있었다.

크게 퍼서 입안 가득 넣고 우물우물 씹자 먼저 느껴진 것은 고소한 참기름의 향이었다. 고소한 참기름은 적당히 들어가면 입맛을 돋워준다, 그다음 느껴진 건 매콤한 고추장. 이어서 여러 가지의 나물들, 그리고 계란프라이와 밥이 만나 황홀한 맛을 자아낸다. 그러다 목이 조금 막힐 때는 시래깃국을 국그릇 채로 들어서 먹어줬다.

그렇게 세 사람이 함께 비빔밥을 뚝딱 해치우고 나서, 바란이 말했다.

"자네, 먹을 걸 참 좋아하는 것 같아, 요리도 정말 잘하고."

"감사합니다!"

"혹시 바라스 왕국이라고 아는가?"

"바라스 왕국……."

그 말을 듣고 먼저 반응한 건 루시아였다.

"어떤 곳인데요?"

"생산직들의 왕국 같은 곳이죠. 대장장이의 탑, 요리사의 탑, 농사꾼의 탑, 조각사의 탑과 같은 곳이 모여 있어요."

"오호."

"그리고……."

루시아가 민혁을 보며 싱긋 웃었다.

"맛있는 게 참 많은 곳이죠."

민혁의 숟가락이 멈췄다. 얼마나 놀랐는지 보여주는 대목.

"요리사들도 모여 있으니 그럴 수밖에 없죠. 왕국 인근으로 다양한 먹거리 퀘스트도 존재하는 편인지라 요리사들이 재료 얻으러 많이 간다고 들었어요."

"와아아……. 정말 지상 낙원이네요."

민혁은 고개를 주억였다.

"내가 예전에 함께 일했던 동료인 론이라는 대장장이가 그 곳에 있다네."

대장장이 이야기. 민혁은 대장장이에 큰 관심이 없었기에 비 빔밥을 크게 떠서 또다시 입에 넣었다.

"론이 아주아주 얻기 힘든 특별한 요리 재료를 가지고 있다고 들었네."

루시아는 감탄했다.

'퀘, 퀘스트······!'

그것도 그냥 퀘스트가 아닌 것 같았다. 분명히 특별한 보상을 주는 퀘스트일 것이다.

"오오오오오!"

민혁이 큰 관심을 보이기 시작했다.

"일단은 자네가 론과 만나 이야기를 해보는 게 어떻겠나?"

[연계 퀘스트: 대장장이 론 만나기]

등급: D급

제한: 요리 스킬을 익힌 자, 바란과의 친밀도

보상: 경험치 5,000

실패 시 페널티: 없음

설명: 바란은 자신의 동료였던 대장장이 론의 소식을 접해 듣고 당신에게 이 퀘스트를 권유했다.

"넵, 제가 한번 그를 만나보겠습니다."

"바라스 왕국은 황제의 도시에서 간다면 그리 멀지 않으니 금방 갈 수 있을 걸세."

"네!"

민혁은 퀘스트를 받고 흐뭇한 미소를 지었다.

'과연 어떤 요리 재료일까? 닭고기? 소? 돼지? 아, 아니면 설마 오리?'

머릿속에 벌써 여러 가지 재료가 떠오른다.

"전 왜 퀘스트 안 주나요. 마부님 제가 구해 드렸잖아요."

"저 친구는 정말 약한 요리사 친구인데, 목숨 걸었잖나."

"저도 연약한 여잔데요?"

"……우리 양심 좀 가지지."

어느덧 마차가 황제의 도시 앞에 도착했다.

민혁은 다시 고구마를 우적우적 먹고 있었다. 그를 보며 루시아는 머뭇거렸다.

"우리…… 다시 볼 수 있겠죠?"

"와구와구, 그렇겠죠."

"마지막까지 저한텐 관심도 없네요."

"네?"

민혁은 그 작은 목소리를 듣지 못해 되물었다. 하지만 루시아는 곧 쓰게 웃으며 말했다.

"아니에요. 친구 추가해도 되나요?"

"네, 하세요."

[루시아 님께서 친구를 제안합니다.]
[네/아니요.]

"네."
민혁은 고개를 끄덕였다.
그러자 친구창에 루시아의 정보가 떠올랐다.

[루시아]

루시아의 경우 직업 정보나 레벨이 보이지 않았다. 직업을
감추고 싶다면 비활성화를 하면 보이지 않는다. 민혁도 비활성
화 상태였고.
"다음에 또 봐요."
루시아가 몸을 돌려 도시로 걸어갔다. 민혁은 그 뒷모습을
보다가 로그아웃했다.
도시 쪽으로 이동 하던 루시아가 멈춰서 뒤를 돌아봤다.
"칫······!"
그녀의 얼굴에선 아쉬움이 묻어났다.

예선전을 관리하는 NPC인 라뎀은 황제가 임명한 피닉스 기사단의 단원이었다. 그는 이번 대회의 예선전을 총관리하는 역할을 부여받았다.

그리고 그는 말도 안 된다는 표정을 짓고 있었다.

"루시아. 이 이방인, 도대체 뭐야……!"

보고서를 본 그는 경악했다. 세 개의 관문이 존재하고, 그 세 개의 관문을 30분 안에 통과하는 게 예선전을 통과하는 조건이다. 이번 대회 예선은 무척 까다롭고 어려웠는데, 그 이유는 진정한 강자들의 대회로 만들기 위함이다. 근데 지금 루시아가 예선전을 말도 안 되는 속도로 돌파했다.

"14분 31초?"

가장 빠른 유저 기준 약 17분 정도를 예상하고 있었다. 하지만 루시아는 그를 가뿐히 뛰어넘고 본선 진출을 확정받은 후, 유유히 사라져 버렸다.

"허…… 진짜 경악밖에 안 나오는군."

그러면서도 그는 생각했다.

'우리 피닉스 기사단에 권유를 해봐야겠어.'

피닉스 기사단의 단원이 여기에 있는 이유 중 하나가 바로 그것이다. 실력 있는 이방인을 스카웃하고 키우기 위해서.

"히야, 어떻게 저렇게……. 와……."

루시아의 전투 영상을 마법 수정구를 통해 보던 라뎀은 감탄에 감탄을 금치 못했다.

바로 그때 문이 열리며 하멜이 다급하게 들어왔다.

"트, 특별한 이방인이 또다시 들어왔습니다."

하멜은 이방인들이 예선전을 치를 때 한 명 한 명 따라 들어가 지켜보고 점수를 매기는 업무를 한다. 그래서 라뎀은 하멜에게 미리 이야기해 놨다. 특별한 이방인은 곧바로 보고를 올리라고. 황궁에 필요한 인재는 많으니까.

"……그래? 기록은?"

루시아의 영상을 보고 있던 그가 큰 감흥 없는 표정으로 물었다.

"29분 57초입니다."

그 말에 라뎀의 미간이 찌푸려졌다.

"장난해? 29분 57초? 정말 가까스로 들어왔는데, 특별한 유저라고?"

"네, 특별한 유저 맞습니다."

하지만 하멜은 고개를 끄덕였다.

"아쿠스를 단 두 번 만에 잡았습니다."

"……뭐?"

그 말을 들은 라뎀은 몸을 일으킬 수밖에 없었다.

"무슨 소리야, 똑바로 말해봐."

하지만 너무 말도 안되는 이야기다. 아쿠스는 레벨 80이지만 그보다 조금 높은 수준으로 측정되는 몬스터였다.

하멜이 재빠르게 마법 수정구를 작동시켰다.

[다음 분 들어오세요.]

영상이 나타나기 시작했다.
곧이어 한 유저가 안으로 들어왔다. 그는 종이컵에 무언가
를 따라서 홀짝이고 있었다.
안으로 들어온 그가 비명을 질렀다.

[으, 으아아악!]
[왜 그러시죠? 무슨 문제 있나요?]

하멜이 다급하게 물었다.

[고구마라테를 다 먹어버렸어요……. 흐엉!]

그는 다리에 힘이 풀린 듯 양쪽 무릎으로 털썩 주저앉았다.
그 모습을 보던 라뎀이 하멜을 바라봤다.
"이걸 확 그냥!"
"……."
"아이구, 골이야."
라뎀이 이마에 손을 짚었다.
"정말 특별해서 내 골이 아프구나, 하멜……."

"계, 계속 보시죠. 그런 말씀 못 하실걸요?"

"……음."

라넴은 일단 고개를 끄덕였다.

이럴 녀석이 아닌데, 이러니까 더 궁금해졌다.

2장
해서는 안 될 짓

1시간 전, 민혁은 실실거리며 웃고 있었다. 날씨가 추웠지만, 손만큼은 따뜻했다. 직접 만든 고구마라테 덕분이었다.

그는 접속하자마자 바로 남아 있는 모든 고구마를 이용해서 고구마라테를 만들었다. 따뜻하면서도 고구마의 달고 진한 맛이 느껴지는 고구마라테. 카페에서 4~5천 원 정도면 사 먹을 수 있는 맛있는 녀석.

"헤헤, 아껴 먹어야지."

남아 있는 고구마를 모두 여기에 썼다. 더군다나, 이 고구마라테에는 자그마치 황금 고구마도 들어갔다.

"후, 후."

일회용 종이컵에 고구마라테를 부어놓고 예선전을 치르는 장소로 걸어가며 먹는 민혁.

한 컵 먹고, 리필. 두 컵 먹고, 리필. 세 컵 먹고, 리필.

"아, 너무 맛있어~"

그렇게 콧노래를 흥얼거리며 걷던 그는 기다란 줄에 서서 기다렸다. 그러면서 또 고구마라테를 먹는다.

뒤에 있던 한 여성 유저는 그 모습을 보며 경악했다.

'세상에……. 저 뜨거운 걸 30초에 한 잔씩 먹고 있어!'

하지만 민혁은 중얼거렸다.

"너무 아껴 먹어서 성에 안 차네. 그래도 오래 먹으려면 아껴야지."

"……!"

여성은 뒤를 돌아 함께 온 사람에게 말했다.

"앞에 이상한 사람이 있어요. 고구마라테 스무 잔을 원샷했어요. 그래놓고 아껴 먹느라 힘들대요."

"……!"

스리슬쩍 민혁과 두 사람의 거리가 벌어진다. 어느덧 민혁의 차례가 되었다.

"다음 분 들어오세요."

안에서 들린 목소리에 민혁은 안쪽으로 들어갔다. 그렇게 들어가며 고구마라테 하나를 다시 리필하려던 민혁.

[식신의 진가]

[체력 20, 지혜 1, 지력 1을 획득합니다.]

하지만 민혁은 그것 따위 신경 쓰지 않았다. 알림이 들렸다는 건 다 먹었다는 의미일 뿐.

"으, 으아아악!"

"왜 그러시죠? 무슨 문제 있나요?"

"고구마라테를 다 먹어버렸어요…… 흐엉!"

민혁은 자신을 자책했다.

'어떻게 나란 놈은…….'

500m를 이동한 후에 20분 기다렸다고 고구마라테 40잔을 먹어버린단 말인가.

따뜻하고 달콤한 고구마라테.

"더 먹고 싶다……."

그렇게 생각하며 민혁은 털썩 꿇었던 무릎을 일으켰다.

"후……."

"우, 우시는 건 아니죠?"

"네, 괜찮습니다. 심신, 잘 추슬렀습니다. 인제 그만 고구마라테를 보내줘야죠……."

"자, 예선전 시작할까요?"

"아, 예."

하멜은 간단한 안내 사항을 지시했다. 관문 세 개와 시간제한 같은 거다.

하멜은 첫 번째 문을 열고 들어갔다.

"첫 번째 관문은 간단합니다. 80레벨 몬스터인 아쿠스를 사냥하면 됩니다. 동일 레벨대치고 좀 더 강하긴 하지만 시간을 두고 신중히 하신다면 충분히 사냥할 수 있을 겁니다."

그 말에 민혁은 지면을 박찼다. 배가 고파졌기 때문!

푸지익!

하멜의 말이 끝나고 나고 몇 초 지나지 않아서였다. 아쿠스가 허물어졌다.

쿠우우웅-

'……헉?'

웬 이상한 사람이 들어왔나 했던 하멜은 경악할 수밖에 없었다. 하지만 그는 당혹한 미소를 지운 채 두 번째 관문의 문을 열었다.

"두 번째 관문은 보이시겠지만 숲입니다. 이 숲에서 이곳을 빠져나갈 수 있는 힌트를 찾으시면 됩니다."

"오오오오!"

민혁은 감탄했다. 숲 곳곳에 있는 캘 수 있는 다양한 것들 때문이었다!

"……?"

하멜은 갑자기 그가 호미를 꺼내 들고 땅을 파기 시작하자 놀랄 수밖에 없었다.

'어, 어떻게 알았지?'

그는 경악했다. 이 미로 같은 숲에서 빠져나가는 방법은 간단했다. 인근에 자라나 있는 것 중 일반 것들과 조금 다르고 이질적으로 생긴 게 있는데, 그걸 만지면 문이 열린다.

'어떻게 들어오자마자? 탐색 스킬을 가진 것인가?'

민혁은 곧 호미로 주변의 나물을 캐기 시작했다.

파앗!

파앗!

그러던 중, 민혁이 조금 희한하게 생긴 잎을 가진 녀석을 팠다. 그의 호미가 닿는 순간.

[두 번째 관문을 통과합니다. 세 번째 관문으로 넘어갈 수 있습니다.]

"저 이제 가시죠?"

"이것들 좀 더 캐고요!"

"……."

하멜은 머리를 긁적였다.

사내는 그 안에 있던 모든 것을 캐고서야 돌아섰다.

마지막 관문.

'몽크 한 마리가 나타나지.'

몽크는 90레벨의 원숭이 몬스터. 결코 쉬운 상대가 아니다. 본인보다 10레벨이나 더 높지 않던가.

곧 하멜은 수십 그루의 나무 사이사이를 오가는 몽크의 기척을 느꼈다. 몽크는 무척이나 빨랐다. 나무 사이를 오가는 게 보이지 않을 정도였다.

"세 번째 관문은 나타난 몬스터를 꼭 사냥하지 않아도 됩니다. 문을 향해 뛰어서 살아남기만 해도 합격입니다."

그때 몽크가 민혁을 향해 바나나를 던졌다.

쉐에에에엑!

눈 깜짝할 사이에 빛의 속도로 쇄도하는 바나나. 한 번만 맞아도 즉사일 것이다.

덥석.

"⋯⋯?"

하멜은 잠시 이 상황을 이해하지 못했다.

민혁이 날아오는 바나나를 가볍게 잡아챘다. 그러더니, 바나나와 나무에 올라 있는 몽크를 번갈아 보았다.

"우와, 봤어요? 저 원숭이가 저한테 바나나를 선물했어요!"

"아, 아니 선물이 아니라, 공격⋯⋯."

"원숭이 너 좋은 녀석이구나!"

"우끼끼⋯⋯?"

민혁은 바나나를 확인해 봤다.

(몽크의 바나나)

재료 등급: E

특수 능력:

- 먹을 시 치명적인 몽크 독에 중독된다.
- 일반 바나나보다 더 맛있는 몽크의 바나나다.

  '몽크들은 주로 험악한 아마존에서 나타나지, 그곳엔 먹을거리가 없어 탐험을 떠난 이들이 몽크가 일부러 깔아놓은 바나나를 먹고 죽음까지 이르게 되지.'

  앞의 사내도 알 거다.

  '확인해 본 것 같으니까.'

  하지만 그는 바나나를 까더니, 그대로 그 하얀 속살을 먹어치웠다.

[괴식의 식신 능력에 따라 독에 중독되지 않습니다.]

  부드럽고 달콤한 바나나가 입안 가득 퍼졌다.

  "마, 맛있어……!"

  '뭐야, 이 미친놈은!'

  그리고 그 순간, 또다시 몽크의 바나나가 날아왔다.

  슈유육!

  탁!

  "고맙다, 정말 잘 먹을게!"

  "우끼끼!"

  슈유유육!

탁!

"진짜 고마워. 우물우물, 아 너무 맛있드아!"

슈우우우!

"아니, 아니, 그렇게 던지면 안 되지, 더 위협적으로 던지란 말이야. 우물우물."

슈우우우우-

덥썩!

"오, 지금은 좀 위협적이었어. 근데 바나나 좀 많이 던져주면 안 될까?"

"이런 바나나에 미친색……."

"에? 뭐라고요?"

"아, 아닙니다."

하멜은 애써 표정 관리를 했다. 하나 확실한 건.

'바나나의 궤적이 보이는 거야. 저 바나나를 잡으려면 민첩과 힘이 100레벨 정도는 되어야 하는데.'

그러던 중 사방팔방에서 바나나가 날아오기 시작했다. 몽크의 장기인 바나나 세 번 던지기였다. 하지만 민혁은 그것들을 가볍게 잡아챘다.

"좋아, 그렇게 많이 던지란 말이야! 자, 형 잘 봐. 더 공격적으로 이렇게 힘을 주어서……."

민혁은 바닥에 있던 돌멩이 하나를 집어 들었다. 그다음 나무를 향해 힘껏 던졌다.

콰지이익!

돌뎅이가 나무에 정확히 틀어박혔다. 하멜은 말문을 잃었다.

남은 시간 내내, 민혁은 열심히 바나나를 먹으며 몽크가 던져주는 바나나를 받아 인벤토리에 보관했다.

"이제 나가셔야 합니다. 시간이 얼마 없어요."

하멜은 그가 충분히 깰 수 있을 거라고 생각했다.

"아, 더 먹고 싶다……. 바나나……."

민혁은 아쉬운 표정을 지었다.

그가 문 쪽으로 걸어갔다. 그러다 문득 앞을 틀어막고 바나나를 들고 달려오는 몽크를 볼 수 있었다.

"우끼끼!"

'……몽크는 원거리 공격이 먹히지 않으면 바나나를 들고 공격을 하지, 웬만한 전사만큼 뛰어나.'

하멜이 그런 생각을 했다.

그러나 민혁은 그가 휘두르는 바나나를 잡아챘다. 그다음, 몽크의 머리에 손을 올렸다.

"짜식, 형 간다고 바나나를 이별 선물로 주다니, 고마워. 잘 먹을게."

"우끼끼……."

따뜻한 눈빛으로 자신을 바라보는 민혁과 눈이 마주친 몽크.

"넌 정말 좋은 녀석이야, 생긴 것도 잘생겼네."

"끼? 끼끼!"

몽크가 손을 휘휘 저었다. 그러더니 자신의 가슴을 쭉 내밀었다.

"아, 암컷이었어? 너 정말 예쁘다, 귀여운 녀석."

"끼이이……."

몽크가 수줍은 미소를 지었다. 하멜이 보기에도 민혁은 엄청난 미남이었다. 그리고 몽크들은 특이하게도 수컷보다 암컷들이 더 적극적인 몬스터였다.

그러던 때.

"우끼끼!"

갑자기 몽크가 어딘가로 달려가더니 품 안에 바나나를 한껏 끌어안고 달려왔다.

그것을 민혁의 품에 안겨주었다.

"오빠, 주는 거야?"

"끼끼……."

몽크가 발끝으로 땅을 콕콕 찌르며 수줍게 이를 드러내 웃었다. 민혁은 머리를 쓰다듬어 주고 밖으로 나갔다. 그가 나선 자리를 보며 몽크가 우끼끼하며 웃었다. 밖으로 나온 민혁은 바나나를 한 아름 들고 행복한 미소를 지어 보였다.

"근데 저한테 바나나를 왜 이렇게 다 줬을까요? 녀석, 이렇게 주기만 하다니. 받기만 했는데 미안해서 어쩌나."

"몽크가 바나나를 한 아름 선물하는 건 뜻이 있습니다."

"어떤 뜻이요?"

"오늘 밤 당신과 짝짓기를 하고 싶다. 그걸 받아 들면 수긍의 대답이죠."

라뎀은 머리를 긁적였다.

"음……"

"허음."

이미 그를 경험해 본 하멜. 그리고 그것을 영상으로 본 라뎀.

"가, 강하네……"

"그, 그렇죠? 특별 이방인 맞습니다."

세상에. 30분 정도가 걸린 이유가 다름 아닌 나물 캐기와 바나나를 더 먹기 위해서라니.

분명히 저 이방인은 강했다, 압도적으로. 하지만 왜일까.

"강한데. 기사단에 들어오라고 권유하고 싶지 않아……"

"이해합니다."

"피닉스를 먹어버릴 것 같은 놈이야."

"예……"

그러다 라뎀은 문득 생각 들었다.

"그런데 만약 저런 행위를 하지 않고 곧바로 모든 관문을 클리어했으면 얼마나 걸렸을까?"

"제 개인적인 생각입니다만……"

하멜은 아주 조심스럽게 말했다.

"루시아보다 빠를 것 같았습니다."

몽크는 아까 전의 일을 떠올렸다.

잘생긴 남자. 그가 자신의 머리를 쓰다듬어 주며 웃어줄 때 가슴이 떨려왔다. 사실, 몽크들의 경우 원래 온순한 종족이었다. 하지만 사람들은 자신들을 죽이려 했기에 공격적으로 변한 거다.

몽크는 숲의 인근에 있는 강가로 가서 깨끗하게 몸을 씻었다. 구석구석 빡빡. 그다음 몸에 풀잎을 발라 향긋한 냄새가 나게 한 후에 몸의 털도 찰랑찰랑 잘 말려주었다. 그리고 나뭇가지에 올라가 아까 전 사내가 나간 자리를 하염없이 바라봤다. 그러다 그가 돌아왔을 때의 찐한 밤(?)을 생각하며 얼굴이 붉게 물들었다.

"끼끼끼!"

그녀가 기분 좋은 울음을 흘렸다. 그러던 때였다.

하멜이 다른 예선전 참가자와 함께 세 번째 관문으로 들어왔다가 고개를 갸웃했다.

"……몽크가 어디 갔지?"

바로 몽크의 공격이 이어져야 했다. 하지만 몽크는 보이질 않았다. 몽크는 그저 그 자리에 서서 하염없이 문만 바라보고 있었다. 그러다 하멜과 눈이 마주쳤다.

몽크가 손으로 문을 가리켰다.

"우끼끼!"

'그분이 언제 올지 모르니, 방해하지 말고 나가!'

하멜은 말문을 잃었다. 그러다 몽크가 귀에 달아놓은 꽃을 보며 입을 벌렸다. 그는 이마에 손을 짚었다.

"……진짜 돌아버리겠네."

그 마음을 아는지 모르는지 몽크는 하염없이 문만을 바라보다가 귀 뒤로 머리카락(?)을 넘겼다.

대회 당일. 거대한 와이번 킹이 날아올랐다. 그리고 그 위에 탑승하고 있는 이는 테이밍 마스터 쟌이었다.

이번 대회의 MC 쟌은 테이밍 마스터라는 직업을 가진 유저인 동시에 현실에서 여자 아이돌 그룹 블루벨벳의 멤버로 활동하고 있었다.

"안녕하세요, 대회 시청자 여러분. MC를 맡게 된 쟌이라고 합니다. 반갑습니다."

"와아아아아아!"

"와아아아아아아!"

코르크라는 작은 섬. 그 섬을 중심으로 수만 개가 넘는 관중석에 앉아 있는 유저들이 환호성을 터뜨렸다.

"이번 대회의 방식은 이제까지의 1:1 토너먼트 형식과는 다른 방식으로 새롭게 제시되었습니다. 바로 섬에서 게임을 진행하는 것인데요."

커다란 지도가 떠올랐다. TV를 보고 있는 유저들도 관중석에 있는 이들도 볼 수 있을 정도의 커다란.

"이 섬 안에서 예선전을 통과한 200여 명의 유저들은 서로를 강제 로그아웃시키는 게임을 진행하게 됩니다. 물론 페널티는 없습니다. 대회는 딱 12시간 동안 진행할 예정이며 만약 그때까지 우승자가 나오지 않을 시 점수를 종합하여 우승자를 가려내게 됩니다."

펄러억!

거대한 와이번 킹이 날개를 접고 빠른 속도로 하강했다.

코르크 섬의 중앙. 그 중앙에 위치해 있는 커다란 건물.

"이 편의점은 유저분들이 휴식을 취하는 장소이자 음식을 먹을 수 있는 곳입니다. 또한, 안전지대로 설정되어 있어 서로 간의 PK가 불가능한 곳이지요. 하지만 이곳에만 계속 있는 분들의 경우 점수를 획득하지 못해 결국 탈락과 마찬가지의 결과를 일으키지 않을까 합니다. 아, 말씀드리는 지금 유저들이 하나둘 접속을 시작했습니다!"

화면에 편의점 안의 모습이 비치기 시작한다. 그곳으로 유저들이 하나둘 접속을 시작했다.

"우아, 보이시나요? 숨소리도 들리지 않을 정도로 적막합니다. 모두의 얼굴에 긴장감이 역력한 표정입니다! 아, 말씀드리는 지금 베네스가 접속합니다. 히든 클래스인 광분의 전사를 가진 유저이고 파프리카 TV의 유명한 BJ이기도 하죠!"

"꺄아아아악!"

"와아아아아아!"

환호 소리가 들려왔다.

베네스는 전사형 유저이고 얼굴도 꽤 잘생긴 편이었기 때문에 여성 팬들에게 인기가 있었다. 아직 초보 레벨이라는 걸 생각하면 의외의 일이었다.

"저는 이제 다시 허공으로 올라가 생중계를 시작하도록 하겠습니다."

VVIP석. 무수히 많은 랭커들이 앉아 있었다. 하지만 그중에서도 가장 돋보이는 것은 바로 두 사람이었다. 한 명은 전사 클래스 중 최고라 불리는 카인, 그리고 다른 한 명은 마법사 클래스 중 최고인 알리샤.

그 뒤로 있는 무수히 많은 이들 중에는 길드의 장들도 상당수였다. 미리 강자를 포섭하고 자신들의 길드로 데려가는 것이 그들이 이곳에 참석한 목표다.

하지만 루시아는 이미 데려갈 수 없다는 걸 그들은 안다. 이미 그녀의 오빠가 국내 4대 길드 중 하나를 이끌고 있었으니까.

"이번 경기 어떨 것 같아?"

카인의 물음에 알리샤는 피식 웃었다.

"알면서 뭘 물어?"

"역시 그렇지?"

그는 쓸쓸한 미소를 지었다.

"동생이 우승하는 게 못 미더워?"

"아니, 기쁘지……. 그런데……."

카인은 여동생인 루시아가 자신 때문에 쉴 새 없이 노력하는 걸 알았다. 그것은 마음이 아픈 일이었다. 그는 동생이 다른 여자아이들처럼 살았으면 좋겠다고 생각했다.

그녀는 항상 자신을 쫓아오며 정상을 원했다. 그저 다른 여자아이들처럼 화장도 하고, 친구들이랑 카페도 가며 그런 평범한 삶을 살았으면 했건만.

"어리니까, 인정받고 싶으니까 그러는 거야, 또 너희 아버지께서 워낙 대단하신 분이어야 말이지, 네 동생 입장에서는 충분히 그럴 만해."

"……그렇지."

그리고 또 다른 비밀 하나. 카인은 유명한 회사를 운영하는 회장의 아들이었다. 반면 재혼한 루시아의 어머니는 평범한 회

사원이었다. 그 때문에 그녀가 가지는 부담감은 결코 적지 않을 터. 아버지에게도 자신에게도 인정받고 싶을 거다.

"참가자들 표정 좀 봐. 내가 다 숨이 막히네."

"그러게."

편의점 안이 비치고 있었다. 모두가 숨을 죽이고 서로 경계한다. 식사를 위해 마련된 장소이지만 먹는 이는 아무도 없었다.

바로 그때였다. 한 남성이 부리나케 편의점 카운터로 달려가는 모습이 포착되었다.

"어……?"

그 뒷모습이 익숙해 알리샤는 고개를 갸웃했다. 그는 하얀 가면을 쓰고 있었다.

[여기 정말로 전부 공짜예요?]

[네, 대회 편의점에서 지급하는 음식은 모두 무료입니다. 계산 안 하시고 그냥 가져다 드시면 돼요.]

[세, 세상에 이런 일이……!]

곧 그가 활짝 미소를 지었다. 그때, 뒤쪽에 있던 길드장 한 명이 입을 열었다.

"저 사람, 이스빈의 프로 먹방러네."

알리샤가 그 말에 고개를 틀었다.

"프로 먹방러?"

남성은 알리샤가 자신에게 관심을 가지자 다소 놀란 표정을 지었다가 헛기침을 작게 하고 정중하게 설명했다.

"예, 얼마 전 이스빈 마을에서 빈쯔를 상대로 한 먹방 대결에서 이겨 이슈가 되었죠."

"그래?"

알리샤의 입가에 작은 미소가 맴돌았다.

카인은 피식 웃었다.

"저런 긴장감 속에서 먹을 게 넘어가나?"

곧 알리샤가 픕 하고 웃었다.

"아주 잘 넘어갈걸? 저 사람은 먹는 게 가장 큰 행복이거든."

"저 사람을 알아?"

카인이 의아한 표정을 지어 보였다. 그에 알리샤가 고개를 끄덕이면서 화면을 바라봤다.

"알지, 먹을 것을 누구보다 사랑하고 순수한 사람이야, 우리 길드에 들어오라고 했는데 거절했어, 사정사정해서 친구 추가만 받아냈지."

"푸웁!"

뒤쪽에서 커피를 마시던 한 남성이 커피를 뿜었다.

"아, 죄송합니다. 죄송합니다."

천하의 알리샤가 사정사정해서 친구 추가를 받아냈다? 그에 카인도 놀란 표정을 짓고 있었다.

"그리고 아까 했던 말 취소."

"무슨 말?"

"알면서 뭘 묻냐는 말. 아주 큰 변수가 생겼어. 저 사람 날 구해줬을 정도로 강하거든. 그리고 저 민혁이란 유저 덕분에 나도 배운 게 있고, 더 강해졌지."

"푸흡!"

이번엔 다른 쪽에서 누군가 커피를 뿜었다. 카인도 믿기지 않는다는 표정으로 전자레인지 앞에 서서 설레는 표정을 짓고 있는 그 유저를 바라봤다.

베네스. 그는 긴장감이 역력한 사람들을 보며 작은 웃음을 짓고 있었다.

'역시 이럴 줄 알았다니까. 어휴 새끼들, 다 쫄아가지고.'

그는 긴장감 어린 사람들을 보며 생각했다.

'이 사람들 긴장감을 해소시켜 주면 팬들이 더 좋아하겠지.'

이미지를 쌓는 건 중요한 일이다. 사실 그는 게이머보다는 거의 방송인에 가까운 사람이다. 실제 파프리카 BJ인 그는 입담과 매너, 얼굴로 이 자리까지 설 수 있었다. 히든 클래스인 광분의 전사도 한 팬이 얻을 수 있게 도와줬을 정도.

그러나 베네스는 알려진 것과 달리 굉장히 악질이었다. 그는 속내를 숨기고 있었다.

"안녕하세요, 안녕하세요."

그는 꾸벅꾸벅 예의 바르게 사람들에게 인사를 건넸다. 사람들은 흘끗흘끗 그를 보며 고개만 끄덕이거나 꾸벅 상체를 숙였다.

"너무들 딱딱하게 계신 거 아니에요? 누가 보면 전쟁이라도 난 줄 알겠어요."

하지만 사람들의 표정은 좀처럼 풀어지질 않았다. 한쪽에 모여 있는 무리는 오히려 그런 바네스를 싸늘하게 바라봤다.

'바칼로 길드 새끼들이네.'

바칼로. 현직 특전사 부사관들이 모여서 만든 길드. 실제로 상위권의 길드였고 자리를 잡은 저 서른 명은 전부 실제 바칼로 길드원들이 육성한, 레벨은 낮아도 정예 중의 정예라고 들었다. 성장한다면 전부 5천 위권 안에 들 실력자들. 그런 그들이 함께 참가한 이유는 이름값을 높이기 위함일 것이다.

'새끼들, 생긴 것 봐라, 겁나 험악하게 생겼네.'

"안녕하세요."

하지만 그는 눈웃음을 쳤다. 바칼로 이들은 싸늘하게 보다가 관심을 껐다.

"어, 이건 뭐예요? 와, 템 짱이네요. 님."

"아, 예."

그는 계속 주변 사람들에게 말을 걸었다. 하지만 그 긴장감은 베네스가 있어도 풀리지 않을 정도였다. 바로 그때.

띵!

전자레인지가 다 돌아갔음을 알리는 소리가 정적을 깼다.

띵!

"헤……."

민혁은 설레는 마음으로 전자레인지를 열었다. 그 안에서 조금 전 돌린 핫바와 냉동 만두 등 다양한 먹거리들을 꺼냈다.

"앗뜨, 앗뜨!"

손가락의 뜨거움을 느끼면서도 그는 그것들을 재빠르게 꺼내 자신의 앞에 깔아놨다. 식탁 위에는 이미 짜파게띠, 감짬뽕, 식신라면, 안정탕면, 새우탕탕면, 파무마, 큰뚜껑 같은 컵라면들이 나열되어서 먹어주길 기다리고 있었다.

찌이익-

먼저 새우탕탕면의 뚜껑을 찢은 후에 그 안에 젓가락을 집어넣어 휘휘 저어줬다. 새우탕탕면의 노란 녀석, 민혁은 계란 지단 맛을 내는 건더기인 이것을 꼭 먼저 먹는다. 뭔가 입맛을 돋워준다고 할까? 그것을 우물우물 먹은 후에 새우탕탕면을 용기째로 들고 면을 후루루룹 먹어줬다.

"커어."

그러면서 볶음 김치를 하나 집어 들어 입안에 쏙 넣었다. 일반 김치보다 아삭아삭한 맛이 좀 덜하긴 하지만 더 진하고 단맛이 나는 볶음 김치.

거기에 민혁은 삼각김밥 계의 양대 산맥 중 하나인 전주비빔의 포장지를 재빠르게 벗겼다. 그 상태에서 입으로 가져다 한입에 반절 정도를 먹었다.

바삭-

민혁은 개인적으로 삼각김밥을 돌려서 먹지 않는 것을 좋아하는데, 그래야 지금처럼 씹을 때 김이 바삭하다. 거기에 좀 차가운 밥과 그 안의 속 재료들이 입안에서 매콤한 맛을 낸다.

"목 막혀."

삼각김밥에 의해 목이 막힐 땐, 얼큰한 국물을 후르르릅 먹어준다. 그럼 얹힌 게 내려간다.

그리고 김이 모락모락 피어오르는 핫바를 집어 들어 한입 가득 베어 문다. 편의점 핫바는 유독 더 쫄깃하고 풍부한 고기 맛이 나는 녀석이다. 씹을수록 입안에 육즙이 가득 퍼지고 식욕이 살아난다.

거기에 만두. 하나는 그냥 먹어본다. 쫄깃한 만두피와 그 속 안에 가득 차 있는 고기와 당면, 얇게 썬 파와 당근 같은 것들. 그것들이 한데 어우러져 즐거운 맛을 내어준다. 만두를 입에 넣고 씹던 민혁이 허허 하고 웃으며 만두를 지그시 바라봤다.

"진짜 너……."

작은 울먹거림.

"너무 맛있다. 와구!"

그렇게 만두 하나를 더 집어넣고 또 다른 만두는 컵라면 국물에 담근 다음에 입에 가져다 다시 먹는다.

"우물우물."

"와…… 진짜 맛있게 먹는다……."

"하, 핫바 먹는 거 봐 지렸다."

그리고 전자레인지 소리와 함께 집중되었던 이목. 사람들이 감탄사를 흘리기 시작했다.

한 여성이 몸을 일으켜 민혁 쪽으로 걸어갔다. 그리고 앨치스 포도 맛 음료수를 그의 앞에 놔주었다.

"목 막혀요. 천천히 드세요."

"우와, 감사합니다. 잘 마실게요!"

예의 바르게 꾸벅 고개를 숙여 보인 민혁. 그런 그를 여성은 빙그레 웃으며 바라봤다.

"님 덕분에 긴장감이 좀 풀렸어요. 조금 전까지 다리 후들거려 죽을 뻔했는데, 감사해요."

"와구?"

민혁은 핫바를 크게 베어 물다가 그 말에 고개를 갸웃하곤 다시 먹는 것에 집중했다. 어느덧 사람들은 민혁을 바라보고 있었다.

'아, 긴장감 풀리네.'

'진짜 맛있게 드신다.'

몇몇 유저들은 손등에 턱을 괴고 아빠 미소(?)를 지으며 그 모습을 흐뭇하게 바라보고 있었다.

"안 되겠다. 나도 핫바 하나 먹어야겠다."

"후후, 저도요. 대회 길게 하려면 잘 먹어야죠."

사람들이 하나둘 몸을 일으키기 시작했다.

"님, 고마워요."

"님 덕에 긴장 좀 풀림요."

민혁은 그 말이 귀에 들려오지 않았지만, 사람들은 이상하게도 그에게 고마워하고 있었다.

그때 베네스가 민혁에게 다가갔다.

[후루루루루루룹!]

"와, 진짜 맛있게 먹는다."

"나 라면 먹고 싶어졌어……."

"하, 핫바 먹는 거 봐. 지렸다……!"

관중들의 시선이 편의점에서 음식을 먹는 남성에게만 집중되었다. MC인 쟌은 순간 자신도 모르게 그 영상에 넋을 놓고 집중하고 있었다.

[쟌 씨. 멘트 안 날려요?]

한쪽에 끼고 있던 이어폰에서 관계자의 목소리가 정신을 깨웠다.

"츄릅!"

그녀가 서둘러 입가에 묻은 침을 닦았다. 다이어트 중인 쟌 이었기에 넋 놓고 보고 있다가 실수를 할 뻔했다.

"와, 여러분. 저분 정말 맛있게 드시지 않나요? 저 배고파졌어요!"

"끼헤엑!"

그리고 그를 대변하듯 와이번 킹이 울음을 흘렸다. 자신도 배고프다는 듯.

[쟌 씨. 저분 얼마 전에 이스빈 마을에서 유명세 탄 프로 먹방러래요.]

'아, 그분?'

쟌도 한참을 넋 놓고 봤던 기억이 있었다.

"저 유저분으로 말씀드릴 것 같으면 얼마 전에 이슈가 된 프로 먹방러라고 합니다!"

"와아……. 어쩐지."

"진짜 프로 먹방러네."

"아니, 근데 유명세 탄 이름이 프로 먹방러가 뭐냐."

"근데 진짜 맛있게 먹는다. 오늘 편의점 각?"

사내가 이번엔 사골 라면에 만두를 한가득 넣어서 전자레인지에 돌리더니, 뜨거운 그것을 꺼내고는 헤헤거리며 밝게 웃었다.

[이게 바로 편의점표 만둣국!]

사내가 해맑게 웃는 모습에 관중들도 괜히 마음 한편이 따뜻해지는 느낌이었다.

그때, 베네스라는 유저가 스리슬쩍 사내에게 다가갔다. 편의점 안에 설치된 카메라가 베네스의 등에 가려져 순간 사내를 포착하지 못한다.

관중들의 눈살이 절로 찌푸려졌다. 쟌도 마찬가지.

곧 사내의 옆에 앉은 베네스가 입을 열었다.

[님, 정말 맛있게 드시네요. 이야기 좀 해도 될…….]

[아니요. 이거 먹어야 해요!]

[아이, 그러지 말고 이야기 좀 해요. 제 시청자분들이 지금 보고 계신데, 한 말씀…….]

"우우우우우!"

"아, 저 새끼 관종짓하네."

"베네스? 얼마 전에 술 먹고 여자 때린 애 아니야?"

"와, 진짜. 비호감이다. 어떻게든 이미지 살려보겠다고."

"우우우우우우!"

그 틈에서 쟌도 속으로 '우우우우'를 보내고 있었다.

[님 그분 먹고 계시는데. 방해하지 마요.]
[먹을 땐 개도 안 건드린다는데, 싫다는 사람한테 왜 그렇게 집적거립니까? 관심받고 싶으면 나가서 옷 벗고 춤이나 추시던가.]

그리고 관중석 사람들은 환호했다. 편의점 안의 사람들이 베네스에게 한 마디씩 던지고 있었기 때문.
곧이어 베네스가 편의점 안의 사람들에 의해 물러났다.
바로 그때. 빛에 휩싸이며 또 다른 사람이 나타났다.
"드디어 강력한 우승 후보 루시아 양이 들어옵니다!"
그 외침과 함께 모든 이들의 이목이 집중되었다.
편의점 안으로 접속한 루시아. 검은 복면으로 얼굴을 가린 그녀가 들어오자 편의점 안이 쥐죽은 듯 조용해졌다. 곧 그녀의 걸음이 멈추더니 시선이 한 곳에 고정됐다.
"아, 루시아 양도 프로 먹방러의 먹방 앞에서는 어쩔 수 없나 봅니다. 발걸음이 떨어지질 않나 봐요!"
"와하하하하!"
"하하하하하!"
하지만 예상과 다르게 루시아는 터벅터벅 걸어가 빈자리에 앉았다.

"대회 시작 30분 전입니다!"

루시아는 혼란스러울 수밖에 없었다.

'어째서 민혁 님이…….'

그는 생산직 대회에 참가하는 것 아니었던가? 한데, 어째서 여기에 있는 걸까. 또 여기에 있다는 의미는 예선전을 통과했다는 의미이기도 했다.

루시아는 일부러 그에게 다가가 말을 걸지 않았다.

'내 적들이 민혁 님까지 노릴지도 몰라.'

자신과 친분이 있다는 게 밝혀지면 이 안에 있는 적들이 민혁을 노릴 게 분명했다. 때문에 루시아는 그에게 아는 척을 하지 않았다.

그리고 그런 루시아와 민혁을 보는 무리가 있었다. 바칼로 무리였다.

"사실이야? 두 사람이 마차를 함께 타고 왔다고?"

현재 바칼로 무리를 이끈 브란은 눈을 가늘게 뜨며 루시아와 가면 쓴 남성을 보았다.

"예, 사실입니다. 분명히 두 사람이 함께 들어왔고 루시아와 작별 인사까지 하는 걸 봤어요."

"흐음, 그래."

바칼로 길드는 루시아를 잡겠다는 일념 하에 대회에 참가했다.

루시아는 떠오르는 강자. 또한, 이번 대회를 우승하고 엘레의 검술을 배운 뒤에 브레인들만 모아 길드를 창설할 거라는 소문이 돌고 있었다. 그 길드는 엄청난 유명세를 타겠지.

하지만 바칼로 길드가 루시아를 잡는다면?

'우리가 그 유명세를 가져올 수 있어.'

물론 자신들은 여럿이서 공격할 것이다.

하지만 브란 역시 시크릿 클래스.

'인질로는 못 잡으려나? 하긴, 게임인데. 인질은 무슨.'

하지만 다른 건 할 수 있겠지.

'루시아의 평정심을 무너뜨릴 순 있을지도 몰라, 연인인 것 같은데.'

사내는 얼굴의 반이 가려졌지만 척 보기에도 상당한 미남이었다. 듣기론 루시아는 그가 사라진 자리를 계속해서 돌아봤단다.

[대회 시작 10분 전입니다. 편의점 문을 열고 나가면 10분 후 랜덤하게 코르코 섬 곳곳으로 소환되게 됩니다! 편의점으로 다시 돌아오면 휴식을 취하실 수 있으니 참고해주세요.]

쟌의 멘트와 함께 바칼로 길드가 준비했다. 이어서 3분이 남았을 때 단 한 명의 유저를 제외한 모든 유저가 빠져나갔다.

"와구!"

그 유저는 이번엔 편의점 호빵을 먹고 있었는데, 대회는 안중에도 없어 보였다.

[대회 시작합니다.]
[와아아아아아!]

박 팀장과 이민화. 두 사람은 투명화 모드로 코르코 섬에 있었다. 대회가 시작되고 두 사람은 편의점 안으로 들어갔다.

그곳에서 이민화는 여전히 대회엔 관심 없이 라면을 먹는 민혁을 보았다.

"흐루루룹!"

'와……. 비율 봐.'

실제로 보니 민혁의 비율은 상상을 불허했다.

운영자들은 투명화 모드로 코르크 섬 전체를 돌아다닐 수 있고, 좌표를 찍으면 그곳으로 바로 이동할 수 있었다.

"일단 가장 주의할 인물 중 한 명인 식신은 계속 편의점에 있을 것 같군."

"그러게요. 정말 대회엔 관심이 없어 보여요."

"그러게."

두 사람은 픽 웃었다.

"32-A. 좌표 찍어."

"예, 찍었습니다."

두 사람이 빛에 휩싸여 사라졌다.

이어서 두 사람이 나타난 곳에는 루시아가 있었다.

파아아앗!

촤아아앗!

[치명타가 터졌습니다.]

유저들 몇몇을 단숨에 로그아웃시킨 루시아. 그녀가 빠르게 숲속으로 들어가 몸을 은폐했다. 들어가는 걸 봤는데, 보이지 않을 정도다.

두 사람이 서로를 마주 보며 감탄했다.

"역시 루시아네요."

"뭐, 예상했던 일이니까. 이번엔 K-31 지역."

두 사람이 다시 사라졌다.

이동한 곳에는 검은 로브를 머리끝까지 눌러쓴 남성이 있었다.

"또 다른 요주의 인물. 자칼."

"그렇죠."

두 사람이 고개를 끄덕였다.

이번 대회에는 특별히 관리해야 할 인물이 많았다. 그중 자칼은 또 다른 전설 클래스를 가진 유저다.

'흑마법사의 후예.'

이 흑마법사의 후예는 마법 공격도 대단한 편이었지만 더 큰 문제는 정신계 마법이었다. 그 마법을 사용하면 어떤 일이 벌어질지 몰랐다.

"그래도 설마 그건 안 쓰겠죠?"

"안 쓸 거야. 그거 쓰면 레벨까지 다운되니까."

설마 그런 미친 짓을 할 사람이 있기는 할까? 곧이어 두 사람은 다시 빛이 되어 사라졌다.

"빌어먹을."

바칼로 길드원들이 작전 회의를 짜기 위해 편의점 쪽으로 이동했다.

루시아에게 벌써 세 명이나 로그아웃 당했다. 그들은 빠르게 약속했던 지점으로 모였지만 그 와중에 습격을 당했다.

현재 루시아의 킬 수는 6킬. 압도적이었다. 하지만 로그아웃 당하면 무용지물이 될 것이다.

편의점으로 들어간 브란은 멈칫했다. 그 안에 루시아와 가면 쓴 사내가 있었기 때문이다.

　몰아치는 유저들을 빠르게 제압한 루시아의 걸음은 편의점으로 향했다. 편의점 인근으로는 분명히 많은 사람이 모일 거다. 그곳이 안전지대였으니까. 싸우다가 피가 부족하면 그쪽으로 도망칠 이들이 많을 거다.

　안으로 들어온 루시아는 민혁이 아직도 있는 걸 볼 수 있었다. 그녀는 주변을 살핀 후 그에게 다가갔다.

　피식, 작은 웃음이 지나갔다.

　"맛있어요?"

　"와구와구!"

　언제나처럼 민혁은 먹을 땐 잘 대답을 하지 않았다.

　"요리사시면서 왜 여기 있어요. 깜짝 놀랐네."

　그러면서도 그녀는 계속 모니터를 봤다. 다행히도 모니터는 편의점 안을 비추지 않았다.

　"예선전은 잘 치렀어요? 얼마나 걸렸어요?"

　"29분 57초? 말 시키지 마요!"

　"가까스로 들어왔구나."

　그녀는 그렇게 말하며 음료 한 캔을 따서 목을 축였다.

　'바칼로 놈들 생각보다 독기를 품었네.'

현직 특전사답게 전술 전략이 예사롭지 않았다. 제대로 포위망을 잡고 좁히면 상당히 쉽지 않을 것 같다.

그때. 루시아는 다른 이들의 기척을 느끼고 서둘러 민혁과 거리를 벌렸다.

끼이익-

편의점 문이 열리며 바칼로 길드원들이 우르르 들어왔다.

"오, 여기 있었네, 루시아."

"······."

루시아는 대답하지 않고 음료수만 마셨다. 그때 브란이 민혁의 옆쪽으로 다가갔다.

그는 모니터를 확인했다. 그러다가 우르르 쌓여 있는 컵라면들을 검집으로 밀어서 바닥에 떨어뜨렸다.

촤아아앗-

라면 국물이 편의점 바닥을 적셨다.

"······."

민혁의 고개가 처음으로 돌아갔다.

"이크, 실수. 근데 쪽팔린 줄 알아야지, 먹어서 사람들 관심 끌고 그러면 재밌나?"

브란이 루시아를 도발했다. 하지만 그녀는 일말의 관심도 없어 보였다. 아니, 실제론 관심 없는 척 하고 있는 거였다.

'저 도발에 말리면 우리가 아는 사이라는 게 들통나······.'

민혁은 컵라면 국물을 후루루룹 마셨다.

브란이 땅바닥에 있는 컵라면 용기를 발로 짓이겼다.

퍼지익-

"크크크크."

"하하하하!"

브란과 그 무리가 웃음을 흘렸다.

"나가서 이야기하지."

그들이 밖으로 걸음을 옮기려던 찰나.

"어이, 군바리들."

싸늘한 목소리가 들려왔다.

브란의 고개가 돌아갔다. 민혁이었다.

"치우고 가."

"……네가 치워라, ×신 같은 게."

그 말을 끝으로 브란과 무리가 밖으로 나섰다. 루시아는 민혁을 보며 놀랐다.

'누, 눈빛이……'

민혁이 핫바를 와구와구 먹으며 몸을 일으켰다.

우두둑, 우두둑.

그가 굳은 근육을 풀어냈다.

"나, 나갈 거예요?"

"대회니까요. 다 먹었으니 이제 시작해야죠."

그렇게 말하면서도 그는 편의점에 있는 초코바를 한 아름 챙겼다.

"관심 없던 거 아니었어요?"

"크게 관심 없었는데. 이제 생겼어요. 루시아 님, 세상에서 가장 나쁜 게 뭔지 알아요?"

"……?"

"음식으로 장난치는 거예요."

그 말이 끝난 순간.

타타타타탓!

민혁이 밖으로 달려 나갔다.

"차라리 저랑 같이 나가……!"

하지만 그녀가 밖으로 나갔을 때, 민혁은 사라져 있었다. 처음으로 바깥에 발을 들이는 순간 곧바로 랜덤 소환되어 사라지는 그것이었다. 루시아는 그가 걱정될 수밖에 없었다.

'29분 57초면…… 정말 겨우겨우 들어오신 건데…….'

일단 예선전에 합격했다는 게 요리사로서는 매우 놀라운 이야기이기는 했다. 하지만 이 대회 참가자들 수준에서는 한참 밑일 거다. 그녀의 눈빛이 싸늘하게 식었다.

"빌어먹을 새끼들."

브란이 바칼로 길드원들과 눈빛을 주고받았다.

"독 안에 들어왔어. 일정 범위에 들어오면 전술진을 펼쳐서 안쪽으로 가둔다!"

"예!"

타타타타타탓!

그들은 수풀 안에서 달리는 루시아를 발견했다.

그녀가 갑자기 자신들을 매섭게 공격하기 시작했다. 포위망에 루시아가 들어오면 브란은 전술진을 펼칠 수 있다.

그의 시크릿 클래스는 '철혈의 중대장'. '용맹의 전사' 클래스를 가진 이들과 함께 전술진을 펼칠 수 있다. 전술진이 성공적으로 펼쳐지면 주변의 공간은 전부 나갈 수 없게 통제된다. 거기에 그 상태에서 전술진을 펼친 용맹의 전사와 자신은 약 20%의 모든 능력 상승 효과를 볼 수 있다.

촤아아아앗!

"끄아앗!"

"잡아! 지금이 가장 좋을 때야!"

바칼로 길드원이 추가로 로그아웃 당했다.

하지만 전술진도 서서히 형성되기 시작했다. 바칼로 길드원들은 각각의 위치로 뛰어가 자리를 잡았다.

'좋아, 이제…….'

그리고 그 순간.

퍼어어엉!

루시아가 하얀 연막이 되어 사라졌다.

"이런 빌어먹을……!"

브란이 얼굴을 구겼다.

'아니, 저건 자주 사용할 수 없을 거야.'

그녀가 전술진 안에서 사라졌다.

전술진은 약 500m 안에서 펼쳐진다. 그 정도 거리를 피해 낼 정도의 순간 이동은 루시아의 레벨에서는 분명 한정되어 있을 터다. 그리고 바로 그때.

뚜벅뚜벅 뚜벅-

한 사내가 전술진 안쪽으로 걸어 들어왔다.

"……너 이 새끼."

브란이 웃었다.

마침 잘 만났다 싶었다. 안 그래도 루시아 때문에 화나 있던 참이었다. 루시아가 반응을 보이지 않았지만 브란은 직감했다. 두 사람은 확실히 아는 관계라고.

앞에 있는 사내는 바로 민혁이었다.

스르르릉-

그가 검을 뽑았다.

"하!"

브란은 비웃음을 흘릴 수밖에 없었다. 지금 이 자리에 있는 그들은 현직 부사관이기도 하였지만, 국내 최고 특수 부대의 일원들이기도 하였다. 얼마 전엔 미국의 특수 부대 네이비씰 과 실시간 서바이벌 전투를 벌였었다. 패하긴 했지만 그래도 그들은 상당히 오랜 시간을 버텨낸 베테랑들이었다. 그런데 고작 한 놈이, 듣도 보도 못한 먹기만 하는 녀석이 자신들의 포위망 안으로 들어왔다.

"너흰 해선 안 될 짓을 했어."

브란은 그에 생각했다.

'루시아 이야기하나?'

둘이 정말 연인이라면 사내는 화가 났겠지. 충분히 그럴 만하다. 하지만 그 객기가 오히려 루시아를 더 힘들게 할 것이다.

사내가 검을 꽉 쥐고 브란을 향해 달리기 시작했다.

"그 감짬뽕은 참치와 뷕팜까지 넣어서 비벼놨던 거란 말이다!"

"……?"

사내가 매서운 기세로 달려온다. 그 앞을 바칼로 길드원 한 명이 단검을 뽑아 들며 막아섰다.

브란은 혀를 찼다.

"쯧!"

"쯧!"

알리샤는 혀를 찼다.

'민혁 님의 음식을 못 먹게 만들었나 본데, 그렇게 엄청난 짓을 해버리다니.'

모니터는 지금 하얀 가면을 쓴 사내와 바칼로 길드를 중심으로 보여주고 있었다. 그리고 한편에서는 길드 마스터들이 이야기를 나누고 있었다.

"바칼로 길드의 중대장과 수하들. 정말 강하죠."

"싸워봤어요?"

"예전에 저희 길드 애들하고 지금 저 자리에 있는 사람들하고 싸웠어요. 그때 저희 애들 120레벨대 네 명이었는데."

"?"

"전술진을 못 뚫었습니다. 심지어 네 명이 그때 70레벨대였던 쟤네 딱 세 명만 잡았다더군요. 그리고 다 털렸다는데, 그때 말 들어보니, 장난 아니었다고……."

"와……. 도대체 어떻길래, 120레벨대 유저들이 70레벨대 유저들한테……."

"대단하답니다. 치고 빠지고, 귀신같이 사라진답니다. 애초에 군인들이라 지형지물을 잘 이용하는 것도 있지만, 숨 막힐 정도로 포위망을 좁혀오고 또 뚫리지 않는 이상 투명화된 벽에 막혀 나갈 수 없죠. 마치 거미가 쳐놓은 거미줄에 잡힌 것처럼. 루시아도 저 전술진에 빠졌으면 빠져나오기 힘들었을 거예요. 한 번 빠지면 죽었다고 보는 게……."

그때 알리샤가 고개를 끄덕였다.

'재밌네.'

그때 민혁과 만난 후로 그가 얼마만큼 강해졌는지 알 수 없었다. 하지만 매일 같이 강해지기 위해 스스로(?) 수련하는 그이지 않은가.

그 말이 끝난 순간. 카인이 중얼거렸다.

"……저 사람 걸음걸이가 달라."

알리샤의 고개가 카인에게 돌아갔다. 카인은 회장인 아버지를 두고 있기도 했지만, 실제 검도나 유도 대회에서 금메달까지 딴 적이 있는 이였다.

"유단자, 아니, 그 이상이야."

민혁의 앞을 막아선 밴. 그는 주로 단검을 사용한다. 검도 3단, 유도 3단, 태권도 4단. 특전사라는 말이 부끄럽지 않은이였다. 거기에 특전 무술 또한 최상위권 실력. 그는 단숨에 민혁의 목과 허리에 단검을 꽂아 넣겠다고 생각하고 있었다.

타아아앗!

그리고 민혁이 앞에 도달한 순간.

수우웅!

퍼엇!

민혁이 한 손으로 가뿐히 밴의 손목을 잡아챘다.

"……!"

밴과 브란. 두 사람의 눈이 동시에 커졌다.

밴이 발로 민혁의 무릎을 걷어차려 했다. 하지만 민혁의 발이 더 빨랐다.

콰지익!

"끅!"

그가 밴의 발을 밟는 순간, 밴의 팔꿈치가 그의 턱을 노리고 날아갔다.

턱!

민혁은 고개를 뒤로 젖혀 가뿐히 피해내고 팔에 힘을 주었다.

꽈드드드득!

"끄으으읍⋯⋯!"

손목이 부서질 듯했다. 실제 고통은 크게 느껴지지 않았지만, 그 서늘함이 느껴졌다. 그 힘에 밴이 자신도 모르게 한쪽 무릎을 꿇었다.

챠아앗!

발란의 검으로 목을 베어낸 민혁은 로그아웃 당한 밴을 보며 브란을 향해 걸어갔다.

'이, 이럴 수가⋯⋯! 배, 밴은 우리 부대원 중에서도 손에 꼽는데⋯⋯. 어떻게 저딴 녀석이!'

그 생각과 함께.

타타타타탓!

주변에 있던 길드원 세 명이 나타나 민혁을 둥글게 포위했다.

타앗!

퍼지익!

수우웅!

퍼직!

최대한 짧고 간결하게. 민혁은 차분한 눈빛으로 그들을 2분 안에 제압해 냈다. 압도적인 스텟. 그리고 그들 개개인과 동등한 스텟이었다고 해도 뒤처지지 않는 실력. 더군다나, 민혁은 그들이 있는 곳을 알아내고 요리를 먹어 버프 효과까지 받은 상태다.

그리고 그때 이미 브란은 숲속으로 몸을 숨긴 상태였다. 브란이 왼쪽 손목을 꾹 눌렀다.

[부대원들에게 명령을 하달할 수 있습니다.]

중대장의 특수한 능력. 인근에 있는 모든 부대원에게 명령을 내릴 수 있고, 전술이 발동되는 순간 지도가 열람되어 그 지도 안에서 전술 현황을 확인할 수 있었다.

"중대장이다. 명령 하달한다. 지금부터 전술진을 펼친다!"

[전술진이 반경 500m 내에서 펼쳐지기 시작합니다.]
[전술진 효과로 용맹의 전사들이 모든 능력치 20% 상승 효과를 받습니다.]

좌아아아앗!

푸르고 투명한 벽이 생겨나기 시작했다. 전술진 안에 들어왔다는 증거였다. 그리고 브란의 앞으로 지도가 생성되었다.

빨간 점. 이 점들이 부대원들의 위치를 알려준다. 그리고 부대원들과 목표물이 전투를 벌이면 적의 위치는 파란색으로 표시됐다가 빠르게 사라진다.

'빌어먹을, 생각보다 실력자였어.'

아테네는 숨겨진 고수들이 많다. 당장 랭커 1위와 비공식 1위는 100레벨 이상 차이 난다는 소문이 돌 정도였으니까.

브란은 곧 피식 웃었다.

"하지만 넌 지금 독 안에 든 쥐다……!"

그는 흐흐 하고 웃었다. 이제까지 그 어떠한 적도 전술진을 뚫은 적이 없었다.

투명한 벽. 여인이 그 앞으로 다가가 손을 댔으나, 나아가지 못하고 투명한 벽에 막혔다.

'이쪽에서 비명이 들렸는데?'

그녀는 아까 전 민혁에게 앨치스라는 음료수를 건넨 루였다. 루는 실력자이긴 했지만, 이 대회 안에서는 평범한 궁수 수준이었다.

나무 뒤로 몸을 은폐한 그녀는 푸른 장벽 안에 있는 유저들을 볼 수 있었다.

'바칼로 길드?'

그들은 다양한 곳에서 은밀하게 움직이고 있었는데, 그중 일부는 함정을 설치하고 있었고 몇몇은 나무 뒤로 몸을 숨긴 채 석궁으로 한 곳을 조준하고 있었다.

타타타타타탓!

그녀는 상황을 살피기 위해 언덕을 타고 올라갔다. 그리고 언덕 위에서 장벽 안을 내려다봤다.

'와……'

장관도 이런 장관이 없었다. 푸른 장벽 안의 바칼로 길드원들은 각자 포지션을 지켰다. 잘 모르는 루가 보기에도 그 포지션은 꽤 탄탄해 보였다.

그때 숲을 걷는 남성이 보였다.

'어……? 저분……'

편의점에서 긴장을 풀 수 있게 도와준 사람이었다.

'설마 바칼로 길드가 전술진으로 노리는 사람이 저분은 아니겠지?'

그녀는 고개를 갸웃했다. 강해 보이진 않는 유저였다. 헤실헤실 웃으며 음식을 먹던 모습이 선하다.

그 순간.

퓨슈우웅!

석궁이 발사되었다.

삑!

콰아아앙!

숨어 있던 한 사내가 버튼을 누르는 순간 설치되어 있던 함정이 폭발했다. 자욱한 흙먼지. 루는 조용히 지켜봤다.

곧 바칼로 길드원으로 보이는 자들이 숨을 죽이고 천천히 이동했다. 그들은 자욱한 먼지를 향해 거리를 좁히고 있었다. 한 명이 손을 들어 올려 보였다.

'멈춰.'

그리고 그 순간.

푸화아아앗!

편의점에서 음식을 먹던 남자가 연기를 헤집고 나와 무리 중 한 명의 가슴팍을 횡으로 베었다. 그리고 나무를 박차며 방금 전 신호를 보낸 사내까지 공격했다.

곧 그의 검 끝에 하얀빛이 일렁였다.

[급소 찌르기]

[성공할 시 공격력 28%가 추가됩니다.]

푸지익!

"억……?"

가슴을 공격당한 사람이 놀란 음성을 터뜨렸다.

그가 연이어 공격해 들어왔다.

촤아앗! 촤아아앗!

'빠, 빠르다……'

루는 경악할 수밖에 없었다. 단숨에 두 명의 사내를 베어낸 그는 나머지 두 명도 빠르게 해치웠다. 그러더니, 이내 루와 눈이 마주쳤다.

그는 루를 보면서 꾸벅 예의 바르게 상체를 숙여 보였다.

"아, 안녕하세요."

루는 자신도 모르게 그 인사에 고개를 숙여 화답했다.

"……."

쟌은 말문을 잃을 수밖에 없었다. 너무나도 순식간에 일어난 일이었다. 관중석에 잠깐의 침묵이 지나갔다. 그리고 그 사내의 행동과 여성의 목소리가 침묵을 깼다.

[아, 안녕하세요.]

"우, 우와아아아아아!"

"머, 멋있다!"

"와아아아아아아!"

"미, 믿을 수 없는 광경이 벌어지고 있습니다, 프로 먹방러! 그는 단순히 잘 먹기만 하던 게 아니었습니다!"

"와……. 반전 매력 쩐다……."

"저런 사람이 예의까지 바르네. 아까 자기한테 음료수 준 사람한테 인사한 거 맞지?"

관중석은 환호성에 빠졌다. 쟌의 와이번 킹이 허공으로 높게 날아올랐다. 그리고 전술진 앞으로 날아갔다.

"키헤에에에!"

전술진 위에서 배회하는 와이번 킹, 가까워진 쟌은 전술진 안의 상황을 두 눈으로 똑똑히 볼 수 있었다.

"아, 민혁 유저가 여덟 번째 킬을 해냅니다, 그리고 아홉, 열! 열하나!"

그는 전술진 안을 미친 듯이 종횡무진하며 바칼로 길드원들을 사냥하고 있었다.

"와아아아아!"

함성은 갈수록 커져만 갔다.

검의 대제 엘레. 전 황제인 아버지의 명성을 그대로 이어받은, 역사상 가장 뛰어난 황제라 칭송받고 있는 자.

그녀는 서리가 내릴 만큼이나 차가운 표정을 한 채, 의자에

거의 눕듯이 앉아 검을 품에 끌어안고 있었다.

검의 대제다운 모습. 거기에 길게 기른 적발의 머리카락을 풀어 헤친 그녀는 모두가 인정할 만한 엄청난 미녀라고 할 수 있었다.

"대회가 무르익어 가나 보군."

"예, 폐하. 아주아주 잘 먹는 이방인이 한 명 나타났다는 군요."

"잘 먹는 이방인?"

엘레는 의아한 표정을 지었다. 고작 잘 먹는 것 하나 때문에 이토록 사람들이 환호하고 있단 말이던가?

사실 옥좌에 앉아 있는 엘레는 대회따위 안중에도 없었다. 아테네의 신. 그녀의 지시에 따라, 그저 자신의 후계자를 찾아 검술을 전수해 줄 생각일 뿐.

하지만 후계자에게 조금의 관심도 생기지 않았다. 그저 신에게 하사받은 임무를 수행할 뿐, 각별한 사람이라 생각되지 않았다. 때문에 대회에도 별다른 흥미가 없었다.

'잘 먹는다……. 참 좋은 거지.'

엘레에게도 먹는 게 인생의 유일한 낙일 때가 있었다.

세상의 모든 것을 가진 사람이 고작 그런 게 낙이었냐고? 모든 걸 가졌다 해서 먹는 걸 좋아하지 않는 건 아니다. 매일 같이 반복되는 일상 중 하루에 딱 세 번만 느낄 수 있는 그 행복감. 그녀는 그 행복감이 그리워졌다.

조금의 관심이 생긴 엘레가 명했다.

"마법 수정구를 가져와라."

엘레의 말에 따라 신하들이 빠르게 움직였다. 이미 준비는 되어 있었지만, 그녀가 볼 필요도 없다고 했기에 틀지 않았을 뿐.

엘레는 곧 거대한 마법 수정구를 볼 수 있었다. 그 마법 수정구에는 숲을 기준으로 하얀 가면을 쓴 이방인 한 명이 몸을 숨긴 자들로부터 공격을 받고 있었다.

수우우우웅!

사내의 검이 빛을 머금으며 세 번 연속 빠르게 휘둘러졌다.

[푸홧! 푸앗! 푸화아앗!]

[끄아압!]

[미, 미친…… 엄청 강하잖아!]

그 모습을 반쯤 감긴 눈으로 보고 있던 엘레. 곧 그녀의 눈이 천천히 커지기 시작했다.

그녀가 자리에서 벌떡 몸을 일으켰다. 사내가 휘두르는 검. 그리고 그 그립에 있는 피닉스의 문양은. 오로지 단 한 명의 사내. 자신이 가장 아끼고 사랑했던 자에게 하사했던 칼.

"엘레의 식칼……!"

그 검이 정체 모를 이방인의 손에서 빛을 발하고 있었다.

3장
소고기는 언제나 옳다

'전술진이 뚫리고 있어……!'

오렌은 바칼로 길드에서 8명의 길드원을 통솔하고 있다. 그리고 그 길드원들은 현실에서도 같은 2분대의 대원들이었다.

전술진은 병력들이 일정한 간격을 두고 유지해야 한다. 만약 병사 한 명이 죽는다면 서둘러 간격을 좁혀 전술진이 뚫리지 않게 막아내야 하고, 또다시 한 명이 죽는다면 이번에도 역시 간격을 좁혀야 한다.

그렇기에 전술진이 뚫리기 시작한다는 이야기는 간단하게 해석할 수 있다.

'간격을 좁힐 수 없을 정도로 빠르게 당하고 있다는 거다.'

오렌은 그의 움직임을 두 눈 똑똑히 보았다. 실제로 80레벨대라고는 믿을 수 없을 정도로 빠르다. 더군다나, 병사 한 명이 죽기 전에 했던 말에 따르면 검에 한 번 베인 것만으로도 HP가 자그마치 50%나 깎여 나갔다고 한다.

'놈의 HP도 바닥을 드러냈겠지.'

현재 남은 바칼로 길드원은 총 열셋. 반대로 적의 HP는 고갈 상태일 것이다. 예상외의 적수였지만, 놈은 이제 곧 죽게 될 거다.

바로 그때 오렌의 시야에 사내가 들어왔다. 그의 몸 곳곳에 크고 작은 상처들이 보였다.

'역시……!'

저 정도면 HP가 거의 50% 정도이거나 더 밑일 거다. 오렌은 주변의 길드원들과 눈을 맞췄다. 다 함께 기습을 가한다. 죽을 때 죽더라도 공격 몇 번만 성공하면 놈을 잡을 수 있다.

그때, 사내가 품속에서 초코바를 꺼내 먹었다.

'먹고 있는 지금!'

오렌이 눈짓을 하자, 길드원들이 사방팔방에서 모습을 드러내 사내를 기습하기 위해 움직였다.

오렌도 움직이려고 했다. 그러나 순간 멈칫할 수밖에 없었다.

사내의 몸에 났던 크고 작은 상처들. 그 상처들이 마치 트롤처럼 빠르게 재생되고 있었던 거다!

"자, 잠깐 멈……!"

그 말이 끝나기 전, HP를 회복한 듯 보이는 사내가 거리를 좁혀 들어오는 그들을 빠르게 쳐냈다.

곧이어.

콰아아앙!

오렌이 서 있던 곳 바로 옆의 나무로 길드원 한 명이 처박혔다.

주르르륵-

쓰러져 내린 길드원은 그 상태에서 로그아웃 당했다.

"어, 어떻게 HP가……."

척 보기에도 엄청난 회복량이었다. 저 정도 회복량을 가진 스킬을 가지고 있는 건가? 아니, 그런 스킬에 대해서는 딱 하나밖에 들어보지 못했다.

바로 그 순간. 빠르게 거리를 좁힌 사내로 인해 오렌은 로그아웃 당했다.

"젠장!"

캡슐에서 빠져나온 오렌, 이성동은 욕지거리를 뱉어내다가 아차 했다.

'서, 설마……!'

그는 과거에 들었던 회복 능력에 관련한 내용 하나를 떠올렸다. 그리고 곧장 아테네 공식 홈페이지에 검색한 후, 그의 회복 능력에 대해 확정 지을 수 있었다.

'국내엔 아직 풀리지 않았다고 들었는데…….'

그것은 바로 트윈 헤드 트롤의 피였다. 그 피와 값비싼 재료를 조합하여 마셔야 한다. 그러나 재료들의 값도 만만치 않고,

트윈 헤드 트롤의 피를 가진 유저는 세계에 딱 다섯 명이라고 들었다. 현재 트윈 헤드 트롤의 피는 현금 거래가로 자그마치 약 4억 원.

"……뭐 하는 새끼야, 도대체?"

민혁의 먹어서 회복하는 능력을 모르는 그는 제대로 착각하고 있었다.

[전술진이 뚫렸습니다.]
[페널티에 따라 용맹의 전사들의 모든 능력치가 30% 하락합니다.]

"……!"

브란은 직접 눈으로 보고도 믿을 수 없었다. 전술진이 뚫렸다. 이제까지 한 번도 뚫리지 않았던 전술진이!

그를 증명하듯, 지도에서는 계속해서 빨간 점들. 즉, 용맹의 전사들이 강제 로그아웃 당하고 있었다.

그뿐만이 아니었다. 접전이 일어날 때마다 푸르게 반짝거리는 그 점은 매우 빠른 속도로 이곳 저곳에서 나타나고 있었다.

'이런 미친……! 저놈은 지치지도 않는 거야!'

혼자서 저 정도 숫자를 잡는데, 지치지 않는다? HP가 남아

돈다는 말인가? 바로 그때였다.

[길드 채팅 오렌: 브란 중대장님, 저 새끼 트윈 헤드 트롤의 피를 먹은 놈입니다!]

"……?"

브란은 눈을 크게 뜰 수밖에 없었다.

'트윈 헤드 트롤의 피……?'

그의 기억에 따르면 엄청난 고가의 소모용 아티팩트다. 보통 그러한 류의 소모형 아티팩트는 250레벨이 넘어간 후 섭취한다. 그 이유는 간단하다. 250레벨 이전에 캐릭터를 삭제하고 다시 키우는 경우가 허다해서다.

그런데 고작 레벨 80짜리가 그걸 소모했다?

'도, 돈이 넘쳐나?'

그것도 해외의 이야기지, 그게 사실이라면 우리나라에서는 유일하게 복용한 자다. 그 가치는 원화 기준 4억 이상으로 추정.

[길드 채팅 브란: 사실이야?]

[길드 채팅 오렌: 예, 저 새끼. 초코바 먹다가 HP 회복되는 거 똑똑히 봤습니다. 초코바 먹어서 회복된 건 아닐 거 아니에요.]

[길드 채팅 야무야무: 저도 봤습니다. 사실상 저 정도 회복력이면 지

금 풀린 유니크 회복 스킬 이상인데, 그걸 생각하면 오렌 님 말이 맞는 것 같아요.]

[길드 채팅 파란: 저도 봤습니다. 저 새끼, 완전 괴물입니다.]

브란은 머리를 흐트러뜨렸다.

'빌어먹을. 루시아의 연인(?)이면 범상치 않은 놈이었을 텐데, 그걸 주의하지 않았다니.'

브란은 입술을 깨물었다. 붉은 점들의 숫자는 계속 줄어들어, 어느 순간 자신만이 남아 있었다.

그는 빠른 속도로 도망쳤다. 하지만 사내도 빠르게 추격해 왔다. 그는 여전히 초코바를 입으로 가져다 야금야금 먹고 있었다.

"나, 날 농락하는 거냐?"

"우물우물?"

사내는 미간을 구겼다.

"나 따윈 먹으면서도 상대할 수 있다는 거야?"

브란의 능력치는 현재 30%가 감소한 상태.

그가 피식 웃었다.

"빌어먹을 새끼, 정체가 뭐냐. 혹시 한화에서 키운다는 용병이 너냐? 아니면 레전드 길드 쪽 길드원? 오호라, 그래! 네놈은 레전드 길드 쪽 놈이었어."

브란은 혼자 북 치고 장구 쳤다. 레전드 길드는 비공식 랭커들이 모였다고 소문이 무성했지만, 아직 베일에 감춰져 있는 곳이었다.

"이번 기회를 이용해 레전드 길드의 이름을 드높이겠다는 거겠지, 트윈 헤드 트롤의 피! 네놈 그걸 먹은 거지? 그걸로 HP를 회복시키는 거야!"

사내는 말이 없었다. 그저 빠르게 접근했다. 브란의 짧은 단검과 사내의 검이 충돌했다. 하지만 능력치가 30%나 감소된 브란이 당해낼 수 있는 상대가 아니었다.

푸화아아앗!

"끄흡! 빌어먹을, 우리 바칼로 길드를 잡는 게 네놈 목표였지? 일부러 우리한테 미끼를 흘리고 명분을 만든 거야!"

"이유를 알려줘?"

"그래, 드디어 네 본색을 드러내는구나!"

"너희들은 음식으로 장난을 쳤어."

브란은 생각했다.

이놈은 마지막까지도 거짓부렁을 하는구나.

'그게 말이나 되는 소리란 말인가!'

"그런 거짓말을 내가 믿을 것……."

푸화아앗!

브란이 로그아웃 당했다.

브란을 로그아웃시킨 민혁은 킬 수를 확인했다. 25킬이었다.

'얘네 아까부터 계속 뭐라고 떠들어? 트윈 헤드 트롤의 피? 레전드 길드?'

초코바를 먹어서 흡수 전환 스킬을 이용해 HP를 채운 민혁이었다.

'흡수 전환 완전 좋네.'

먹자마자 곧바로 HP가 차올랐다. 확실히 30~40%의 HP 회복은 엄청났다. 그리고 가장 좋은 것은 역시 먹어서 회복시킨다는 거였다. 민혁에게 딱 안성맞춤이라고 할 수 있는 스킬인 셈.

"아, 배고파졌어. 다시 편의점 가야지~"

민혁은 콧노래를 부르며 걸음을 옮겼다.

대회를 시작한 지 9시간이 지났다. 쟌은 모니터 속 유저들을 봤다. 그들은 팽팽한 긴장감과 장시간의 전투에 매우 지친 듯 보였다. 하지만 루시아는 여전히 혼자서 60킬을 달성해 내며 꿋꿋이 나아가고 있었다.

'두 사람 관계는 도대체 뭘까? 알고 있을까? 그 남자가 그렇게 강하다는 걸.'

관중들의 목소리와 사회자의 멘트는 본경기가 시작되면 대회 참가자들에게 들리지 않는다. 또한, 현재의 점수도 확인 불가하며 본인들이 알 수 있는 것은 오로지 킬 수를 비롯해 그때그때 주어지는 상황뿐.

거기에 이 작은 코르크 섬 내에서 활동할 수 있는 범위는, 큰 원으로 시작해서 서서히 좁혀지게 된다. 마지막엔 편의점 주변 300m 근방으로 모두가 모여들게 되며, 그때는 편의점에서도 팅겨 나간다. 즉, 편의점 인근에 모든 유저들이 한데 모여 싸운다는 의미다.

[브라칸이 코르크 섬에 소환됩니다.]
[브라칸과 싸우고 있는 이는 공격할 수 없습니다.]

"이번 대회의 묘미. 네임드 몬스터 브라칸이 소환됩니다! 이전에 나타났던 벨토는 정말이지 허무할 정도로 쉽게 당했는데요. 과연 대회 참가자들은 협동하여 브라칸을 잘 사냥할 수 있을까요?"

"와아아아아!!"

함성이 터져 나왔다. 유저들끼리 손을 잡고 자신들보다 레벨이 더 높은 네임드 몬스터를 잡는 것은 분명한 볼거리였다.

그뿐만이 아니다.

'녀석들을 잡으면 줄 수 있는 최고의 아이템을 주지.'

몬스터마다 드랍하는 아이템은 다르다. 오우거가 아닌 몬스터에게서 오우거 건틀릿이 나올 수 없는 것처럼.

그리고 이 대회 안에 있는 몬스터들은 잡는 순간 100% 확률로 그들이 떨굴 수 있는 최고의 아티팩트가 드랍된다. 그 때문에 관중들은 보면서 부러워하고 집중할 것이다.

'저 유저…….'

챤은 번갈아 교차되는 모니터 화면 속의 한 유저를 보며 고개를 갸웃했다. 검은 로브를 두르고 있는 유저. 그 유저는 계속해서 빠르게 주변을 뛰어다니면서 몸을 은신하는 데만 집중하고 있었다.

그때 챤은 모여 있는 운영자들을 볼 수 있었다. 챤은 투명화된 그들을 볼 수 있는 몇 안 되는 사람이었다. 그녀는 슬그머니 그들의 이야기를 엿들었다.

"흑마법사. 저 녀석, 왜 유저들을 세뇌하지 않는 거지?"

챤이 알기로 지금 말한 이는 특별 유저 팀의 팀장 박민규였다. 그 옆에 있던 여성이 말했다.

"저, 정말 그 스킬을 쓰려는 거 아닐까요? MP랑 정신력 아껴야 하니까."

"아니, 상식적으로 말이 안 되잖아, 그거 사용하면 1레벨 다운되고 3개월 동안 레벨업 못 한다니까? 그런데 그걸 사용한다고?"

그 말에 앞에 있던 개발팀장이 말했다.

"사실상 그 능력을 사용하지 않으면 흑마법사는 큰 위협

거리가 아닌데……."

운영자들이 동감한다는 듯 고개를 끄덕였다.

"미노타우르스가 언제 나타나지?"

"경기 종료 20분 전쯤에 나타납니다."

"그때 정도면 유저들의 좁혀진 범위가 300m 정도인가?"

"예……."

300m의 작은 범위. 그 밖으로 나가게 되면 유저들의 HP는 저절로 감소하게 된다. 때문에 모두 그 안에 있을 터.

"흑마법사가 만약 '절대 지배' 스킬을 사용해서 미노타우르스를 부린다면 말 그대로 학살인데……."

'뭐……?'

쟌은 그 말을 듣고 깜짝 놀랄 수밖에 없었다. 레벨 140의 미노타우르스를 지배한다? 80레벨의 유저가 그런다는 게 말이나 되는 이야기란 말인가? 그게 가능하다고?

쟌은 생각해 봤다.

'미노타우르스는 선몹이 아니게 나온다고 들었어, 그런데 300m 안에 모든 유저들이 있을 때 세뇌를 당하면…….'

당연하게도 미노타우르스는 운영자들이 지배하는 존재가 아니게 된다. 유저가 지배하고, 유저가 부리는 미노타우르스는 그의 무기가 되는 거다.

정말 그렇게 된다면…….

'유저들 전부 죽는 거 아니야?'

물론 어떠한 방식을 써서 우승하든 그것은 유저의 자유다. 문제가 되는 것은 바로 몬스터에 의한 학살이라는 거다.

애초에 미노타우르스는 아테네의 신이 설정해서 넣었다. 하지만 유저들이 그걸 알아줄 리는 만무하다. 어떠한 이들은 운영자들이 무모하게 대회를 진행하여 하이라이트라고 할 수 있는 마지막이 망가졌다고 말할 수도 있다는 거다.

그때 박민규 팀장이 말했다.

"만약 정말 그 일이 벌어진다면……."

여성이 고개를 끄덕였다.

"막을 수 있는 사람은 두 사람뿐이네요."

흑마법사의 후예 자칼. 그는 수풀 안에 몸을 숨기고 은신하고 있었다. 멀지 않은 곳에서 유저들 여럿이 몰려들어 네임드 몬스터인 브라칸과 싸우는 게 보였다.

"아, ×발. 님, 화살 좀 똑바로 쏴요!"

"아, 그럼 네가 하던가!"

"님들, 지금 저희끼리 싸울 때가 아닙니다. 브라칸 잡는 데 집중하죠!"

단합. 그게 잘되지 않았다.

그럴 수밖에 없었다. 몬스터를 잡았을 때 아티팩트가 드랍

되면 몬스터를 잡는데 가장 크게 기여한 자가 선 습득권을 얻게 된다. 사실상 브라칸을 잡는 이유는 아티팩트가 가장 컸으니까.

그리고 대부분이 개인 참가자들이었다. 바칼로 길드원들처럼 지인 여러 명이 우르르 참가한 경우는 드물다.

'아직 아니야. 더 강한 몬스터.'

운영자들은 대회 시작 전에 네임드 몬스터들이 나올 거라는 정보를 오픈했다. 그 소식을 들은 자칼은 쾌재를 질렀다.

그가 가진 절대 지배 스킬.

'3개월 동안 레벨업 불가, 현재 레벨에서 1레벨 다운. 하지만 나보다 두 배 이상 높은 레벨의 몬스터를 1시간 동안 지배하고 부릴 수 있지!'

그의 스킬들을 이용하면, 유저들을 세뇌시켜 서로가 싸우게 만들 수도 있다.

하지만 절대 지배 스킬을 사용하기 위해서는 MP와 정신력을 아껴야 한다. 정신력은 흑마법사가 세뇌를 시킬 때 들어가는 요리사의 버프량과 같은 거다.

'고작 브라칸이 끝일 리가 없지.'

더 높은 레벨의 몬스터. 대회의 묘미를 장식할 몬스터가 나타날 거다. 그때 절대 지배 스킬을 사용한다면 이 대회의 주도권은 자신이 쥐게 될 거다.

'크하하하핫!'

생각만 해도 짜릿하다. 그가 절대 지배의 엄청난 페널티를 감수하면서도 사용하는 이유.

'입대하기 전에 이 강현수! 아테네에 이름을 알리고 가리!'

그는 바로 내일 군대에 입대하기 때문이었다. 마지막 전날을 화려하게 불태우리!

쿠우우웅!

그 순간.

[유저들이 브라칸 사냥에 성공했습니다.]

브라칸이 쓰러졌다.

[지도상에 표시된 부분에서 경기를 진행하여 주시기 바랍니다.]
[표시된 부분을 넘어서 진행할 시 HP가 지속적으로 감소하게 됩니다.]

자칼은 지도를 오픈했다. 경기 범위가 계속해서 좁혀지고 있었다. 그는 편의점 방향으로 뛰어, 허용된 범위 안에 다시 은신해서 숨었다.

그렇게 시간이 흘렀다.

[대회 종료까지 1시간 남았습니다.]

[현재 생존한 유저의 숫자는 42명입니다.]

또 다른 알림이 들려왔다.

[세이렌이 소환됩니다.]

'세이렌? 세이렌은 매력 스킬로 유저들을 유혹해서 죽이지. 하지만 무력이 너무 약해. 세이렌은 아니야.'

세이렌이 특별한 이유는 매력 스킬 때문이다. 하지만 그를 제외하면 아무것도 볼 게 없는 녀석이라는 거다.

자칼은 고개를 저었다.

'이러다가 특별한 몹 안 뜨는 거 아니야?'

그렇게 되면 큰일이다. 이대로 1킬도 못한 상태로 대회가 종료된다면, 말 그대로 허무한 입대를 하게 되어버리는 것일 테니까. 자칼은 숨죽여 기다렸다.

'제발, 제발, 제발, 제발.'

그렇게 시간이 흘러 20분이 남았을 때였다. 아직 세이렌은 잡히지 않았다.

바로 그때.

[미노타우르스가 소환됩니다.]
[미노타우르스는 선공형 몬스터가 아닙니다.]

[도전하고 싶은 유저만 미노타우르스에게 도전하세요.]

"오……!"
자칼이 감탄을 흘렸다.

관중석에 앉아 경기를 보고 있는 고은아. 그녀는 기자였다.
그녀의 바로 옆에 있는 남자 후배가 말했다.
"선배, 역시 예상대로 루시아가 1위 하나 봐요."
"그러게, 바칼로 길드 잡은 사람은 여전히 편의점에서 먹고
있고. 아, 너무 쉽게 흘러가면 재미없는데."
변수. 그 변수가 있어주면 좋다. 자신은 다른 관중들처럼 오
로지 재미를 보기 위해 이 자리에 있는 게 아니니까.
특종. 그리고 예상치 못한 변수와 같은 것들. 그런 것들이
있어주면 기삿거리는 더욱더 늘어날 것이다.

[음머어어어어어!]

그때 천지를 흔드는 울음소리와 함께 몬스터 한 마리가 나
타났다. 그와 함께 쟌의 목소리가 관중석에 뻗어 나갔다.
"대회 종료 20분이 남은 지금! 미노타우르스가 소환됩니다.

들렸던 알림처럼 미노타우르스는 도전하고 싶은 유저라면 누구나 도전할 수 있는 몬스터입니다. 다만, 원하지 않는다면 굳이 도전하지 않아도 됩니다."

"와, 미노타우르스……. 무슨 80레벨대 대회에 150레벨짜리를 넣었대요? 이거 밸붕인데."

그 말에 고은아도 고개를 주억였다.

"그러게. 더군다나 미노타우르스는 네임드에서도 유니크에 속하는 놈인데……."

미노타우르스는 특성 스킬을 가지고 있는 녀석이다. 어떻게 보면 고작 150레벨이지만, 4클래스 마법을 가지고 있기 때문에 더 위협적인 몬스터.

모니터 속 미노타우르스는 포효만 터뜨릴 뿐 그 자리에 서서 멀뚱멀뚱 있었다.

"저거 봐, 아무도 도전 안 하네."

"대회를 이필립스 제국에서 진행한다고 마스코트 소돌이 세워둔 느낌인데."

후배가 한 말에 고은아도 픽 하고 웃었다. 바로 그때 한 남성이 호기롭게 미노타우르스에게 덤벼들었다. 그리고.

퍼직!

한 번에 로그아웃 당했다.

"푸하하하하하!"

"아, 저게 뭐야."

로그아웃 당한 남성을 본 관중석에서 웃음이 터져 나왔다.

"이제 저 유저 죽는 거 보고 더 도전 안 하겠다."

"그쵸. 한 번에 로그아웃되는 걸 봤는데. 어? 루시아네? 어디 있다가 나온 거지?"

"오, 쉬었다가 온 것 같은데요. 세이렌 잡으러 가네."

"잘 찍어. 루시아가 혹여 코를 파더라도 바로 찍어. 그것마저도 이슈될 테니까."

"넵."

두 사람이 그렇게 대화하던 중이었다. 갑자기 사람들의 시선이 다시 모니터로 모여들며 웅성거렸다.

"저 사람 뭐야? 되게 음침하게 생겼는데?"

"뭐야, 미노타우르스한테 접근하는데?"

"자살?"

관중석이 웅성거릴 때였다. 갑자기 사내의 몸에서 검은 기운이 흘러나오기 시작했다.

[푸화아앗!]

검은 기운은 미노타우르스를 향해 뻗어 나가더니 이내 녀석의 몸속으로 스며들기 시작했다.

[음머어어어어!]

미노타우르스의 포효. 그와 함께 관중석이 동요하기 시작했다. 미노타우르스가 근처에서 구경하며 쉬고 있던 유저에게 다가가기 시작했다.

[뭐, 뭐야. 왜 내 쪽으로 와. 소, 인마. 가만히 있어! 무섭게 하지 말……!]

그 말이 끝난 순간. 녀석이 자신의 도끼로 유저를 내리찍었다.

[퍼직!]

"……!"
관중석이 침묵에 휩싸였다.

[음머어어!]
[크하하하하! 성공이다, 성공이야!]

그와 함께 흑마법사가 광소를 터뜨렸다.
고은아가 후배를 툭 치며 말했다.
"야야야, 찍어 특종이야! 특종!"
"아, 예!"

"지금 당장 기사 써. 정체 모를 검은 로브를 쓴 남자, 미노타 우르스를 테이밍 하다! 그리고……."

고은아는 앞으로가 예상되었다.

"대회를 휩쓸다."

"꺄아아악!"

여성형 몬스터 세이렌을 사냥한 루시아는 녀석이 드랍한 아이템을 챙겼다.

'매혹의 반지네?'

더블링 중에서도 하위에 속하는 녀석이었다. 꽤 값어치가 있긴 했지만 그렇게 기쁘진 않았다.

"이랴아압!"

"이크."

그때 기습을 가한 남성의 검을 피해낸 루시아가 가볍게 목 쪽을 단도로 그어 로그아웃시켰다.

그러던 때였다.

"으, 으아아아악!"

"도망쳐!"

"이런 ×발. 미노타우르스 선물 아니라며!"

유저들의 비명 소리가 들려오기 시작했다. 루시아의 얼굴이

구겨졌다.

'미노타우르스?'

소환되었다는 알림은 자신도 들었다. 하지만 굳이 사냥할 필요성은 느끼지 못했다.

잡지 못한다. 그게 그녀의 판단이었다.

그녀는 무모한 사람이 아니었다. 잡지 못할 것을 잡으려고 객기를 부렸다가 어떤 결과가 벌어지는지 알았다.

하지만 그녀는 곧 놀라운 장면을 볼 수 있었다.

"음머어어!"

미노타우르스가 미쳐 날뛰며 유저들을 학살하고 있었다. 단 한 방. 그 한 방에 유저들이 휩쓸렸다.

"뭐, 뭐야……."

그녀는 당혹할 수밖에 없었다.

미노타우르스는 선공형 몹이 아니다. 즉, 공격해야지만 녀석도 공격한다. 알림이 그걸 증명했다. 하지만 그와는 다르게 미노타우르스가 미쳐서 날뛰고 있었다.

그리고 루시아는 알림을 들었다.

[지도상에 표시된 부분에서 경기를 진행하여 주시기 바랍니다.]
[표시된 부분을 넘어서 진행할 시 HP가 지속적으로 감소하게 됩니다.]

그 알림을 들은 루시아는 얼굴을 구겼다.

'미친……!'

좁아진 범위. 그 범위가 미노타우르스가 있는 곳이었다. 하지만 지금 움직이지 않으면 자신은 결계에 의해 죽는 허무맹랑한 결과를 맞이할 것이다.

루시아는 최대한 조심조심, 놈의 시야를 피해 움직이려 했다.

하지만 그 순간.

"음머어?"

미노타우르스의 고개가 돌아가 루시아를 발견했다.

"……젠장."

그녀가 입술을 질끈 깨물었다.

바로 뒤쪽은 결계. 앞은 미노타우르스였다.

'강제 도전이야, 뭐야?'

그녀가 입술을 질끈 깨물며 양손의 단도를 꽉 쥐었다.

"흐이이익, 도망쳐. 지금이야!"

"미친, 결계 때문에 도망칠 곳도 없어!"

유저들이 비명을 지른다.

미노타우르스가 한 걸음을 뗀다.

쿠웅-

루시아는 타겟이 자신이 되었다는 걸 알아차렸다.

곧 미노타우르스가 달려오기 시작했다.

쿵쿵쿵쿵-

"후우우……."

호흡을 차분하게 추스른다.

'MP는 몇이 남았더라? 현재 사용할 수 있는 스킬은?'

그녀는 침착했다.

그리고 미노타우르스가 그녀의 지척에 도달했을 때.

촤아아앗!

단검 하나가 투척되었다.

[그림자 투척술]

[수십여 개의 그림자 무기가 60%의 대미지를 가합니다.]

단검은 수십 개의 그림자를 만들어내며 날아갔다. 하지만 그림자는 본래 투척한 단검 대미지의 60%만 낼 수 있다.

푹!

탱-

본래의 단검을 제외한 그림자 단검은 모두 튕겨 나갔다.

'미친……! 레벨이 높아서 안 박히잖아!'

콰지익!

미노타우르스가 도끼를 내리쩍었다. 루시아는 빠르게 몸을 옆으로 틀어 피해내면서 단도로 다리를 베었다.

찌이이익!

"음머어어어!"

놈이 루시아를 잡기 위해 미칠 듯이 팔을 휘젓는다.

퍼어어엉!

그 순간, 루시아가 하얀 연막을 뿌리며 녀석의 뒤로 이동하고, 번쩍 뛰어올랐다.

그녀의 단도가 미노타우르스의 등을 찔렀다.

푸지이이익!

단도가 녀석의 등을 위에서 아래로 베고 내려갔다.

사실 그런 의도는 아니었다.

'아, 안 박혀……!'

목에 박으려고 했다. 하지만 단도가 박히질 않는다.

그 순간, 미노타우르스가 몸을 돌려 루시아를 주먹으로 후려쳤다.

콰지익!

"꺅!"

그녀가 뒤로 날아가 바닥을 몇 바퀴 굴렀다.

HP가 순식간에 50% 미만으로 떨어졌다.

[일시적 스턴 상태에 빠집니다.]

'아, 안 돼……!'

현실의 사람도 큰 충격을 받으면 일시적으로 일어나질 못한다. 그처럼 아테네는 무척 현실적이었다. 루시아는 움직이려고 해도 몸이 말을 듣지 않는 걸 느꼈다.

미노타우르스가 성큼성큼 달려왔다.

바로 그때. 자신의 앞을 한 사내가 막아섰다.

그 뒷모습이 무척 익숙했다.

"미, 민혁 님⋯⋯?"

민혁은 무척이나 비장한 표정으로 루시아의 앞을 막고 있었다. 그의 몸 전체가 크게 떨리는 게 보였다.

"민혁 님이 왜 여기에⋯⋯ 아니, 그것보다 도망쳐요! 님, 한 방에 로그아웃 당한다고요!"

하지만 민혁은 미동도 하지 않았다. 그의 떨리는 등을 보며 루시아는 생각했다.

'서, 설마⋯⋯!'

그녀의 눈이 부릅떠졌다.

"날 지키기 위해서예요?"

민혁은 대답하지 않고 있었지만, 루시아는 알았다.

'그래, 척척 맞아 떨어져.'

그는 자신이 라면을 줬다고 뛸 듯이 기뻐하며 호감을 표현했다. 관심 없는 척, 무심한 척. 정말 오로지 관심은 라면뿐이라는 것처럼, 그를 빌미로 자신에게 친근하게 대했다. 가장 확실한 것은 벌벌 떨면서도 바로 앞을 막고 있다는 거였다.

"그렇게 무모한 짓 하지 말아요! 날 지키려고 본인을 희생하지 말라고요!"

그녀가 외쳤다.

미노타우르스의 앞을 막아선 민혁. 그의 관심은 오로지 미노타우르스뿐이었다. 녀석에게서는 검은빛이 흘러나오고 있었다. 즉, 먹어도 된다는 의미.

그뿐만이 아니었다. 고구마 전사 때와는 다르게 녀석을 보는 순간 다양한 재료들이 보이기 시작했다. 괴식의 식신의 스킬 영향이 분명했다.

그는 입술을 핥으며 상상했다.

뒤쪽에서 '불 넣을게요. 뜨거워요.' 라는 목소리가 들리며, 식당 아저씨께서 숯불을 가져와 넣어주신다. 그리고 뻥뻥 뚫린 사각형의 불판을 올려주시면 뼈대가 붙어 있는 소고기, 즉 소양념갈비를 집게로 집는다. 그리고 불판 위에 올린다.

치이이이이익!

아아아, 치명적인 이 소리. 매혹적인 이 소리!

고기가 잘 익어갈 때쯤에 딱 한 번, 정말 한 번만 뒤집는다. 그다음 고기를 큼직큼직하게 썬다. 양념이 잘 배어든 채 잘린 소고기를 1인당 하나씩 주어지는 양파절임 위에 가져온 후, 양파절임과 소고기를 싸서 입에 넣고 씹는다.

"우물우물."

입안 가득 퍼지는 새콤한 양파절임의 맛, 양념이 잘 배어든 소양념갈비의 맛이 느껴진다. 오랫동안 주인아저씨께서 잘 숙성시킨 소양념갈비는 말 그대로 입에서 사르르 녹는 것 같은 느낌이다. 씹을수록 그 안에 양념이 배어 나오고, 씹을수록 더 부드러워진다. 그리고 그것을 꿀꺽 넘긴 후에 미리 글라스 잔에 따라놓았던 콜라를.

"벌컥벌컥."

그는 입으로 추임새를 넣었다. 입안에서 시원하게 청량감을 주는 차가운 콜라는 소갈비의 느끼한 맛을 잡아줄 거다.

그 외에 소로 먹을 수 있는 요리. 꽃등심, 불고기전골, 소고기메추리알장조림, 소고기뭇국, 소고기미역국, 육개장. 무궁무진하다.

민혁의 몸이 벌벌 떨려왔다. 맛있는 녀석을 먹을 상상에 온몸이 전율하고 있는 것이다!

"날 지키기 위해서예요?"

"?"

뒤에서 루시아가 뭐라고 중얼거렸지만 들려오지 않았다. 오로지 그의 이목은 단 한 군데에 집중되고 있었다. 바로 미노타우르스였다.

"먹는다. 소양념갈비……."

쫘아아악-

민혁은 온 힘을 다해 엘레의 검을 쥐었다.

[전장의 지배자]

[5대 스텟이 10, 치명타율이 10% 증가합니다.]

[바르디 검술]

[10분 동안 5대 스텟이 20 상승합니다.]

[헤이스트]

[10초 동안 공격 속도, 이동 속도가 1.3배 상승합니다.]

"음머어어어어!"

그리고 자신을 향해 돌진하는 미노타우르스를 향해 지면을 박차고 달려 나갔다.

"우오오오오오!"

타아아앗!

"……?"

루시아의 눈이 휘둥그레졌다.

'빠, 빠르다!'

그녀는 눈으로 좇기도 힘들 정도의 스피드에 경악했다.

이어서 미노타우르스가 민혁을 향해 도끼를 내리찍는다.

후우우웅!

허공을 찢는 소리. 곧바로 민혁의 검이 미노타우르스의 도끼를 막아낸다.

채애애앵!

"……마, 말도 안 돼!"

뒤쪽에서 루시아의 경악한 목소리가 들려온다.

"봐, 봤어?"

"와, ×된다……. 저 유저 아까 그 먹방하던 유저잖아!"

"미노타우르스의 검을 막아내……? 140레벨의……?"

루시아와 미노타우르스의 싸움을 보고 있던 유저들이 경악했다. 그 순간.

태애애애앵!

민혁이 미노타우르스의 도끼를 힘껏 쳐냈다.

"음머어?"

그 힘에 밀려난 미노타우르스가 주먹을 휘두른다.

수우우웅!

빠른 주먹질에도 민혁은 요리조리 잘 피해냈다.

[급소 찌르기]
[성공할 시 공격력 28%가 추가됩니다.]

그리고 그 틈을 노려 미노타우르스의 급소 중 한 군데인 허벅지를 찔렀다.

푸지이익!

검이 허벅지에 정확히 박혔다. 그러나, 빼내려고 했지만 잘 빠지지 않았다.

"음머어어어!"

놈이 비명과 함께 온몸을 흔들며 마구잡이로 주먹을 휘둘렀다. 검을 뽑으려던 민혁은 잠시 검을 놓고 거리를 벌렸다.

그 순간, 미노타우르스의 도끼가 붉은빛으로 물들었다.

미노타우르스의 스킬이다. 놈이 있는 힘껏 땅을 향해 도끼를 내려찍자, 땅에 균열이 생겨나며 반경 10m 내의 땅들이 솟아나거나 가라앉기 시작했다.

[어스 퀘이크]
[격렬한 지진이 반경 10m 내에 발동됩니다.]

하지만 민혁은 오히려 어스 퀘이크의 안쪽을 파고들었다.

"……!"

루시아는 눈을 크게 떴다. 저 틈에 들어가는 순간 몸이 끼게 될 것이다. 그리고 땅은 그를 집어삼키겠지.

하지만 어느새 어스 퀘이크의 범위 안에 들어간 민혁. 그의 손가락에 있는 반지가 붉은빛을 흩뿌렸다.

[흡수]
[50%의 확률로 성공할 수도 실패할 수도 있습니다.]
[어스 퀘이크 흡수에 성공합니다.]
[10분 안에 흡수한 스킬을 1회 사용할 수 있습니다.]

수우우우웅!

미노타우르스가 발동한 어스 퀘이크가 멈췄다. 요동치던 땅이 본래의 모습으로 돌아오고, 그와 함께 범위 안에 들어왔던 민혁이 당혹한 미노타우르스의 허벅지에서 검을 뽑아냈다.

"음머어어어!"

놈의 거친 비명. 민혁은 한 발, 두 발, 세 발 뒤로 물러났다. 거리를 벌린 민혁이 검 끝을 땅을 향하게 한 후, 양손으로 그립을 꽉 쥐었다. 그리고 있는 힘껏 땅을 향해 검을 찔렀다.

푸지익!

[어스 퀘이크]
[격렬한 지진이 반경 10m 내에 발동됩니다.]

쿠르르르르르!

땅이 진동하기 시작했다. 격렬하게 진동하며 뒤틀리는 땅들을 보며 미노타우르스는 당혹한 기색이 역력했다.

"으, 음머어어어!"

너무나 갑작스러운 일. 미노타우르스는 그 격렬한 지진에 다리가 빠지고 말았다.

쿠르르르르르!

뒤틀린 땅이 미노타우르스의 발 한쪽을 집어삼킨다. 솟아오르는 땅에 의해 몸 곳곳이 타격을 받기 시작한다.

그 틈을 놓치지 않은 민혁이 솟아오르는 땅을 밟고 도약했다. 미노타우르스가 다급하게 도끼를 들었지만, 민혁이 한 발더 빨랐다.

푸화아앗!

가슴팍을 횡으로 베어내고 또다시 땅을 밟고 날아오른 민혁이 놈의 뒤쪽으로 이동했다.

[용맹의 일격]
[일격에 20%의 공격력이 추가됩니다.]

검에 힘이 깃든다.

"음머어어어어!"

위험을 직감한 미노타우르스의 울음소리.

민혁이 작게 속삭였다.

"너 참 맛있게 생겼다."

"으, 음머?"

미노타우르스는 혀를 다시는 소리에 엄청난 두려움을 느꼈다.

"으, 음머어어어!"

그 비명은 마치 '사, 살려줘!!'처럼 들렸다.

그 순간 민혁의 검이 놈의 목을 베어냈다.

푸화아아앗!

[미노타우르스 사냥에 성공하셨습니다.]
[명성 40을 획득합니다.]
[업적 포인트 10,000을 획득합니다.]
[대회 점수 120점을 획득합니다.]

그리고 때마침 추가 알림이 들려왔다.

[대회 종료까지 30초 남았습니다.]

그에 민혁은 다급하게 미노타우르스의 몸에 손을 뻗었다.
"재료습득."
모든 재료를 습득한 후에 그는 떨어져 있는 아티팩트를 주웠다. 그걸 신경 쓸 겨를도 없이 알림이 들려왔다.

[대회가 종료됩니다.]
[점수 합산 결과가 발표됩니다.]
[점수 합산 발표 결과 1위 민혁, 2위 루시아, 3위 라스, 4위…….]
[생존한 모든 유저가 코르크 섬에서 이필립스 제국의 시상식장으로 워프됩니다.]

파하아앗!

민혁을 빛이 휘감았다.

[점수 합산 결과 1위 민혁.]

"와아아아아아!"

"우와아아아!"

환호성이 하늘을 찌를 듯 솟아오르고, 관중들도 앉아 있던 그대로 모두 다 함께 시상식장으로 워프되었다.

워프된 곳은 거대한 황궁 안. 수백 명의 기사가 망토를 착용하고 허리춤에 검을 찬 채 유저들을 빙 둘러싸고 있었다. 그들의 망토에는 이필립스 제국의 수호자인 피닉스가 그려져 있었다.

"봐, 봤어……?"

"예……. 봤어요."

고은아와 후배 기자가 눈을 맞췄다.

대박이다. 오늘 찍힌 이 대회 영상은 큰 파문을 일으킬 것이다. 그리고, 세계로 퍼져 새로운 파문을 일으키지 않을까 하는 생각이 들었다.

그때 후배 기자가 외쳤다.

"서, 선배! 지금 실시간 검색어 1위가 프로 먹방러입니다! 그리고 2위가 미노타우르스의 목걸이에요!"

"와, 시청자들 눈썰미 봐, 그 찰나에 줍는 걸 봤나 보네."

미노타우르스의 목걸이에 대한 정보는 전혀 풀리지 않았다. 아니, 사실상 이제까지 미노타우르스에게서 목걸이가 드랍되었다는 정보 자체가 없었다.

그 의미는 간단했다. 저 사내가 주운 목걸이가 정말 값진 것일 거라는 거였다.

"이야…… . 저거 진짜 비쌀 것 같은데."

"너 근데 못 봤어?"

"……뭘요?"

"저 유저, 아티팩트 주울 때 되게 실망한 기색이더라."

"에이, 설마요."

"아니야, 진짜야. 근데 미노타우르스가 왜 저 사람 인벤토리에 들어갔지?"

"아, 혹시 미노타우르스 해체해서 팔려는 거 아닐까요?"

"그런가."

두 사람이 고개를 끄덕였다. 그러면서도 생각했다.

'미노타우르스가 떨어뜨린 최고의 아티팩트를 주워놓고 아쉬워하는 표정이라니, 도대체 어떤 사람이길래.'

고은아는 민혁에게 시선을 집중했다.

아마도 미노타우르스를 사냥하며 루시아의 점수를 압도해 1위를 한 것 같았다. 실상 미노타우르스는 거의 사냥이 불가능한 몬스터였기에 불만을 가질 사람은 없을 것이다.

"기대된다."

"그러게요. 인터뷰에서 뭐라고 할까요? 저 유저도 지금 기쁘겠죠? 1위 했으니까, 저 사람도 은근히 먹방 찍고 바칼로 길드랑 싸우고 하는 거 보니까, 유명세 좀 타고 싶어 하는 것 같던데."

"그러게, 뭐라고 할까? 혹시 정말 레전드 길드에서 집중적으로 케어하고 있는 유저 아니야?"

모든 관중이 관심을 보이고 있었다.

'저 사람이 무슨 말을 할까. 저 사람은 어떤 사람일까?'

그때 고은아의 눈에 하얀 가면을 쓴 그 남성이 들어왔다.

"뭔가 되게 다급해 보이는 거 같지 않아?"

"그러게요. 마치 똥 마려운 것 같이……."

그는 안절부절못하며 쟌과 이야기를 하고 있었다. 아마 시상식에 관련한 멘트 전인지라 마이크가 꺼진 듯싶었다.

"아, 무슨 이야기 하는 거야."

"궁금해 죽겠네……."

다른 관중들도 마찬가지일 터. 곧 가면 쓴 남자가 정색하는 것 같았다.

"저 사람 되게 친절했는데, 왜 저러지?"

"그러게요."

그러더니 이내 운영자들과 대회 관계자들이 사내 쪽으로 몰려들기 시작했다. 그들은 심각한 이야기를 나누는 듯했다. 곧이어 사람들이 한숨을 쉬더니 하얀 가면을 쓴 사내가 빛이 되어 사라졌다. 사라지는 그의 얼굴에 웃음이 만연했다.

"어? 어어어어!"

"어어어?"

"뭐야, 어디가!"

"헉!"

고은아뿐만이 아니라, 관중석의 이들은 모두 의아한 표정을 지을 수밖에 없었다. 시상식 전에 어딜 간단 말인가?

그리고 놀라운 일은 거기에서 끝나지 않았다.

[검의 대제 엘레가 시상식을 위해 행차합니다.]

"⋯⋯!"

고은아는 놀랄 수밖에 없었다. 접한 소식에 따르면 엘레는 시상식에 얼굴을 비추지 않는다고 들었다. 그런데, 그녀가 참여한다. 그 의미는 간단하게 해석할 수 있었다.

'황제조차도 저 유저에게 관심을 가졌단 말이야?'

그러다 또 드는 생각.

'근데 이 중요한 때에 도대체 어딜 간 거야.'

5분 전. 시상식장으로 소환되어 온 쟌은 와이번 킹을 역소환했다. 그다음 유저들의 무리에 껴 있는, 이번 대회에서 1위를 기록한 사내인 민혁을 바라봤다.

'인터뷰, 기대된다.'

모든 이들의 관심이 지금 그에게 쏠려 있는 상황이었다. 마지막에 미노타우르스를 사냥하던 모습은 쟌이 보기에도 멋이 폭발할 정도였다.

저절로 그에게 관심이 생겼다. 아니, 사실 안 생기면 이상할 것이다. 그는 오늘의 인터뷰를 통해서 얼굴을 공개할 것이다. 주변 사람들의 말처럼 레전드 길드 혹은 어디에서 키우고 있는 유저라면 그걸 노릴 테니까.

유명세를 타고 무럭무럭 성장하여 추후에는 10위 권 안의 랭커로 자리 잡을지도 모른다.

국내 랭킹 10위권. 그 안에만 들더라도 벌어들이는 수익이 어마어마하다. 스타성? 이는 당연히 따라오는 이야기였다. 요즘 연예인보다 더 유명한 게 아테네의 랭커들이었다. 더군다나, 저 남자는 키도 훤칠했고 얼굴도 상당히 잘생긴 것 같았다. 거기에 예의 바른 모습에다가, 캐릭터까지 확실하지 않던가.

'잘 먹는 캐릭터!'

먹방, 그리고 요리 프로그램이 유행하고 있는 요즈음 그 같은 신선한 캐릭터는 더욱더 사람들의 사랑을 받게 될 것이다.

'번호 따고 싶다.'

그는 모든 걸 갖춘 엄친아 같은 느낌적인 느낌이다. 그런 생각을 하던 중, 그 유저가 갑자기 똥 마려운 강아지처럼 주변을 뛰어다니기 시작했다.

"으아아아, 로그아웃이 안 돼! 밖으로 못 나가잖아, 소 먹으러 가야 하는데!"

'소?'

쟌은 고개를 갸웃했다. 현재 마이크는 모두 꺼져 있는 상태. 그러다 민혁이 그녀를 발견하고 다가왔다. 그녀가 작게 미소를 지었다. 다가온 민혁이 말했다.

"MC님, 저 좀 내보내 줘요!"

"……에?"

그리고 이어진 말은 너무나도 충격적인 말이었다. 내보내 달라니? 그게 무슨 소리란 말인가? 도무지 이해할 수 없는 말이었다.

"내보내 달라니요? 어디로? 여기가 시상식장입니다. 민혁 님."

"아니, 저 소고기 먹으러 가야 함요! 빨리 내보내 주세요."

"소, 소고기……?"

그녀는 고개를 갸웃했다. 아까 그가 미노타우르스를 사냥한 후, 인벤토리 안에 그 녀석을 집어넣는 게 보였었다.

'설마 미노타우르스를 먹기라도 하겠다는 건가?'

하지만 그녀는 곧 침착한 표정으로 미소를 지었다.

"지금 1위를 하고 너무 갑작스러워서 정신이 없으신 것 같네요. 민혁 님이 1위 하신 거 맞으세요. 시상식에서 보상도 받으실 거고요.”

“아니, 내보내 달라고요!”

“이, 인터뷰하셔야죠?”

“제가 그걸 왜 하죠?”

그는 정말 순수한 눈빛으로 멀뚱멀뚱 바라봤다. 순간 쟌은 말문이 턱하고 막힐 수밖에 없었다.

“하, 하셔야죠. 가면도 벗으시고. 그렇게 하면 민혁 님은 단숨에 실시간 검색어 1위에도 오르실 거고, 아테네 핫이슈 방송에도 출연하며 유명해지실 테니까요.”

“유명해지면 밥 먹여줘요?”

“그, 그건 아닌데…….”

쟌은 당혹할 수밖에 없었다.

대부분의 사람은 자신이 더 특별해지고 유명해지길, 그리고 사람들이 자신을 바라보며 환호하길 원한다.

하지만 그는 유명해지면 밥 먹여주냐고 말했다.

그때였다.

[쟌 씨. 대박 사건. 지금 엘레가 직접 시상식장으로 오고 있다고 합니다!]

관계자의 말을 들은 그녀의 눈이 크게 떠질 수밖에 없었다. 게임 속이라지만, 황제란 수천만 명 이상의 국민이 있는 제국을 거느리는 절대적인 자였다. 거기에 더해 검의 대제 엘레는 요즘 큰 화제를 모으고 있는 NPC.

그런 황제가 직접 민혁을 만나기 위해 온다. 그 의미는 민혁이 황제를 만나 얻을 게 더 많아진다는 거다. 황제와 친분을 쌓으면 민혁은 이필립스 제국에서 특별 대우를 받고 귀족의 작위를 하사받게 될지도 몰랐다.

쟌은 흥분을 감추지 못하고 이 기쁜 소식을 전했다.

"지, 지금 엘레가 오고 있대요. 민혁 님을 만나러 오는 게 분명해요. 그녀와 친분을 쌓는다는 건 억만금을 들여도 불가능한 일이라고요!"

"아, 님! 저 귀환하게 해달라니까, 아까부터 왜 딴말해요!"

결국 민혁이 터졌다.

"아, 아니…… 거, 검의 대제가 직접……."

"검의 대제고 뭐고 유명세고 뭐고 전 소고기가 더 중요하다고요!"

"……소, 소고기가 더 중요하다고요?"

그에 민혁은 참나 하는 표정으로 이상한 사람 보듯 쟌을 보았다.

"와, 님 당연한 거 아닌가요? 소고기는 맛있죠?"

끄덕-

쟌은 자신도 모르게 고개를 *끄덕*였다.

"먹으면 맛있어서 즐겁죠?"

끄덕-

"근데 황제나 유명세가 중요하다는 게 말이 돼요?"

'드, 듣고 보니 그런 것 같…… 아, 아니……!'

"그래도 황제……"

"님, 계속 그러면 저 여기서 소고기 구워 먹습니다."

"……."

그 말을 듣는 순간 쟌은 머리가 아득해졌다.

엘레가 나타나고 시상식을 진행하는 도중에, 민혁이 그 자리에서 소고기를 구워 먹는다.

"그럼 맛있긴 하겠…… 그, 그게 아니지. 그건 안 돼요!"

바로 그때. 구세주처럼 운영자들이 몰려오기 시작했다.

"안녕하세요. 민혁 씨 특별 유저 관리팀 박민규 팀장입니다."

박 팀장이 다가와 인사를 건넸다. 하지만 민혁은 관심도 없었다.

"저 빨리 보내달라고요!"

"……민혁 님, 지금 모든 사람의 관심이 민혁 님에게 쏠려 있습니다. 우승 소감이라도 한마디 해주고 가시죠."

박 팀장과 이민화는 그를 자주 모니터했기에 그가 지금 어떤 기분인지 어느 정도 이해를 하는 표정이었다.

하지만 민혁은 거절했다.

"바로 보내주세요. 시상식을 무조건 진행해야 한다는 조건이 붙어 있나요?"

"……그건 아닙니다."

"아테네는 유저들의 것 아닙니까? 제가 하고 싶은 대로 하면 되는 거죠?"

"……."

"……."

"……."

너무 논리적이었기에 모두가 할 말을 잃었다. 결국, 박민규 팀장은 한숨을 쉬며 이민화와 눈을 맞췄다.

'이 유저 지금 눈에 아무것도 안 들어와요.'

박 팀장도 그걸 인지했다.

그는 쟌을 보았다. 그리고 고개를 끄덕였다.

"지, 진짜 보내요?"

"유저가 싫다는데, 저희가 막을 방법은 없습니다. 아테네의 유저들은 자유로우니까요."

"저, 전 몰라요."

쟌이 한숨을 쉬었다. 그리고 민혁을 바라봤다. 드디어 승인이 떨어지자 그의 입가가 기쁨을 감추지 못한 웃음이 만연했다.

"소환."

곧이어 쟌이 손을 앞으로 뻗어 민혁을 가리키자 그가 빛에 휩싸여 사라졌다.

"어? 어디 갔어?"

"헉! 그 유저 어디 갔지?"

갑작스러운 상황에 관중석에서 의아한 소리가 터져 나왔다.

그러다 쟌은 곰곰이 생각하더니 말했다.

"아, 저 유저 혹시……!"

운영자들이 의아한 표정을 지었다.

"저 알았어요. 저 유저, 더욱더 관심을 끌려고 일부러 사라진 거예요. 와, 큰 그림 짱이네요. 사람이 유명세나, 황제 만나는 것보다 먹을 게 중요하다는 게 말이 안 되잖아요?"

그 말에 박 팀장이 고개를 절레절레 저었다.

"쟌 님은 저 유저가 어떤 유저인지 잘 모르시죠?"

"……서, 설마 진짜 소 먹으러 간 거예요? 시상식 내팽개치고?"

"네."

박 팀장은 망설임 없이 단호했다.

그때 여제가 모습을 드러냈다. 금발의 머리카락을 질끈 묶은 여제의 행차. 허리춤에 검을 착용한 여제는 과연 검의 대제라는 말이 어울리는 여인이었다. 그녀의 주위로 피닉스 기사단이 그녀를 호위하며 나타났다.

"이방인들은 모두 예의를 갖추시오!"

형식적인 절차. 쟌은 묵례를 취했다. 그리고 시상식장 안의 다른 유저들도 묵례했다.

운영자들은 빠르게 투명화 모드로 몸을 빼냈다.

혼자 남은 쟌은 생각했다.

'여제가 행차했어……. 그리고 유저들도 엄청난 관심을 가지

고 지켜보고 있다. 근데 정작 당사자는 이곳을 나갔다. 이, 이 걸 어떻게 정리해야 하지?'

쟌은 울고 싶어졌다.

이어서 피닉스 기사단의 기사단장이 쟌에게 달려왔다. 그녀가 듣기로 기사단장의 레벨이 약 450 정도 된다고 들었다. 현 랭킹 1위와 맞먹을 정도. 그 정도의 사람이 엘레의 심부름을 하는 느낌이었다.

후다닥 쟌 앞으로 다가온 그가 물었다.

"우승자는 어디 있습니까?"

"급한 일이 있어서 돌아갔습니다."

"……사실입니까?"

"네."

기사단장이 후다닥 엘레에게 다가가 보고했다.

"뭐?"

"감히 폐하께서 납셨는데……!"

"무례하군요! 당장 척살령을 내려야 하는 게 맞을 것이옵니다!"

"호들갑 떨지 마라."

"예, 폐하!"

"예, 폐하!"

말 한마디로 깔끔히 정리해 주는 엘레의 포스.

곧이어 기사단장이 다시 다가왔다.

"그 급한 일이 무엇입니까?"

"그, 그게……."

쟌은 말문이 턱턱 막혔다. '황제 만나는 것과 대회 시상식보다 소고기 먹는 게 중요해서 칼 같이 돌아갔습니다!'라는 말이 목구멍 끝에 걸려 나오질 않았다. 하지만 그게 사실이었기에 그 말을 할 수밖에 없었다.

"중, 중요하게…… 머, 먹을 게 있다고…… 돌아갔습니다……."

"그걸 지금 믿으라고 하는 소립니까?"

"진짜인데, 저한테 왜 그러세요."

순간 기사단장의 몸에서 흡사 살기가 이런 것일까 싶은 차가운 분위기가 흘러나왔다. 기사단장은 울먹이는 쟌을 보며 미간을 구겼다. 그게 사실이라는 걸 눈치챈 거다.

"지, 진짜입니까?"

쟌은 고개를 끄덕였다.

기사단장 카스는 후다닥 엘레에게 갔다. 기사단장 및 일행과 이야기를 나누던 엘레가 쟌을 향해 걸음을 뗐다.

터벅터벅 터벅-

걸음걸이에서 위품이 흘러나왔다. 고작 NPC였지만 황제란 이런 것이라는 느낌을 줬다. 아테네라는 게임에 쟌은 또 한 번 감탄했다.

그녀가 코앞에 도달했을 때, 쟌은 자신도 모르게 고개를 숙여 보였다.

"무엇을 먹기 위해 갔다고? 내가 온다는 사실을 밝히지 않 았느냐?"

"밝혔습니다."

"그런데도 갔단 말이더냐? 도대체 그가 먹으려고 하는 게 무 엇인데 그러지?"

그 말에 쟌은 입술에 풀을 바른 듯 입이 떨어지지 않았다. 말 한 번 잘못했다간 척살령, 혹은 얼마 전 엘레에게 검술 가 르쳐 달라고 소리쳤다가 징역 10년을 받았다는 그 유저 꼴이 날 것 같았기 때문이다.

엘레는 냉정하고 단호한 황제였다. 자비를 베풀지도 않았고 필요하다면 목숨도 앗는다.

결국 쟌이 떨어지지 않는 입을 힘겹게 떼어냈다.

"소, 소고기를 먹으러 갔습니다."

그에 엘레보다 주변의 신하들이 더 크게 반응했다. 그들의 얼 굴이 붉어졌다. 당장에라도 화가 폭발할 것만 같은 모습이었다.

'나 같아도 어이가 없겠다……'

엘레가 무슨 말을 할까. 화를 내며 검을 뽑아 들고 '당장 그 놈을 찾아내어 척살하라!'라고 외칠까? 아니면 '그놈을 잡아내 징역 100년 형에 처해라!'라고 할까?

그런 수만 가지 생각이 교차하던 때였다.

엘레가 고개를 끄덕이며 진지한 표정으로 턱을 쓸었다.

"갈 만하군."

"그렇죠. 확실히 갈 만한 이유…… 에?"

쟌은 고개를 갸웃했다.

'지금 이 황제가 뭐라는 거야? 정말로 납득을 했다고?'

"맛있는 소고기라면 충분히 그럴 만한 이유지. 암, 그렇고말고. 그 이방인, 뭔가 나와 통하는 게 있군. 이 머저리들은 그런 마음을 이해하지 못하는데."

"하, 하하하……."

"하하하하……!"

"허허허허허!"

"호호호호호……!"

신하들도 웃고 쟌도 웃었다.

쟌은 황제에게서 아까 전 민혁의 냄새를 맡았다. 주변의 신하들은 이와 비슷한 상황이 몇 번 있었던 듯한 표정이었다.

"돌아가자."

엘레가 몸을 돌렸다. 그가 사라졌다고 하니, 더 이상 대회에는 관심이 생기지 않았다.

다시 안쪽으로 걸어가는 엘레.

'맛있는 걸 먹는다는 거…….'

그 말에 엘레는 피식하고 웃음 지었다.

남들은 모르겠지만 엘레는 그 마음을 끔찍하게도 이해했다. 돈은 넘치게 있다. 뛰어난 검술도 가졌고, 이필립스 제국도

가졌다. 세상의 모든 것을 가졌다. 하지만 매일매일 가지고 또 가져도 부족한 게 존재한다. 바로 '맛있는 음식'이다.

그것은 한때 엘레에게 있어 유일한 인생의 낙이었고 안식처였다. 그 때문에 다소 무례해 보일 수도 있는 행동이었지만, 엘레는 고개를 끄덕였다. 어렸을 적, 자신도 맛있는 걸 먹기 위해서라면 뭐든지 했었으니까. 그러다 문득 걸음을 멈췄다.

'순수한 건가……?'

하지만 요즘은 그렇지 않았다. 우뚝 걸음을 멈춘 그녀. 그녀는 그가 있었을 자리를 돌아봤다.

'랜. 당신은 어째서 그에게 엘레의 식칼을 주셨나요?'

그가 인정한 사내. 엘레는 직감할 수 있었다. 이른 시일 내로 그는 자신과 만나게 될 것이라고.

황제의 도시 프라셀. 레빗은 그곳에서 냉면 가게를 운영하고 있었다. 그는 현실에서도 냉면 가게를 운영하고 있었는데, 그가 가게를 연 이유는 딱 하나였다.

'맛있는 냉면!'

냉면은 여름에 먹으면 더위를 가시게 해주고 겨울에 먹으면 또 그것대로 별미이다. 시원한 물냉면에 식초와 겨자를 넣고 적당히 배합한 후에 살얼음이 동동 뜬 그것의 국물을 수저로 한

번 퍼서 먹어주면 입안에 시원한 냉면의 맛이 한가득 퍼진다.

또 비빔냉면은 어떠하던가, 붉은 양념, 그리고 가득 올라가 있는 배와 오이, 고기 고명 하나와 삶은 계란 반쪽. 여기에 냉면 육수를 조금 부어주고 계란 노른자를 꺼내서 으깬 후에 양념과 면 전체를 비벼준다. 거기에 돼지양념갈비나 소양념갈비를 얹어서 함께 먹으면? 매콤달콤하면서도 쫄깃쫄깃 시원한 비빔냉면의 맛에 한 번 웃음 나오고 달콤하면서도 뜨뜻하고 부드럽게 씹히는 고기의 맛에 두 번 웃음이 난다는 거다.

그런 냉면 상점이 지금 파리를 날리고 있었다.

"뭐야, 어디 갔어?"

파리가 날리는 냉면 상점의 한편에 앉아서 대회를 보고 있던 레빗은 고개를 갸웃했다.

압도적인 실력, 뛰어난 피지컬, 거기에 잘 먹는 캐릭터를 가진 이번 대회 우승자가 갑자기 뿅 하고 사라진 것이다. 때문에 기대감 어린 표정으로 대회를 보고 있던 레빗도 의아할 수밖에 없었다. 누구라도 이번에 루시아를 제치고 떠오른 강자에게 관심이 생겼을 테니까.

'하, 대회 돌아가는 꼴 보소. 쯧!'

그런 생각을 하던 때였다.

딸랑!

문이 열리며 손님이 들어왔다.

몸을 일으킨 레빗. 그는 '어?'하는 표정을 지었다. 그러다 이내 입 밖으로 목소리가 튀어나왔다.

"어어어어어?"

"안녕하세요! 냉면 좀 포장하려고요!"

"……혹시 대회 우승자."

들어온 이는 다름 아닌 민혁이었다. 그는 설렘에 겨운 표정으로 입가를 씰룩이고 있었다.

"물냉면 100그릇하고 비빔냉면 100그릇 포장할 건데, 되나요?"

"……에?"

레빗은 그 말을 듣고 깜짝 놀랄 수밖에 없었다. 합쳐서 200그릇이었다. 그 많은 걸 어디에 쓰려고?

"대, 대회 우승 기념으로 사람들한테 나눠줄 건가요?"

"아뇨. 제가 다 먹을 건데요!"

그렇게 말하며 해맑게 웃는 민혁. 그리고 덧붙였다.

"듣기론 여기 냉면이 정말 시원하고 맛있다던데, 주인분도 잘생기시고."

"하핫! 그렇긴 하죠. 포장도 물론 됩니다!"

레빗은 그의 말솜씨에 웃었다. 우승자가 자신의 가게를 찾아준 것도 놀라운 일이지만 그가 자신의 가게에서 냉면을 사간다는 게 기쁘기도 했다. 또, 자신의 요리를 맛볼 생각에 기대하는 이를 보고 싫어할 이는 아무도 없다.

레빗은 바로 주방으로 들어가면서 말했다.

"저희 가게 냉면은 함흥냉면으로 면을 가늘게 해서 사용합니다. 또 가게 안에 면을 뽑는 기계가 있죠."

"오오오오, 사서 쓰는 게 아니군요!"

"그럼요, 사서 쓰는 건 손님에 대한 예의가 아니지요. 직접 만들기 때문에 면이 더 쫄깃합니다."

"아저씨."

"네?"

그 부름에 레빗은 고개를 갸웃하며 홀 쪽을 빼꼼 바라봤다.

"저 너무너무 설레요!"

설렌다. 그 말을 듣고 레빗은 자신도 모르게 웃음이 났다. 기분이 좋아지게 만드는 청년이다. 설렌다는 의미는 가슴의 두근거림을 뜻한다. 냉면이 맛있어서 가게를 운영하는 레빗에게는 더욱더 크게 와닿을 수밖에 없었다.

그리고 한편으론 이런 생각이 들었다. 저 설레하는 사람을 실망시키지 말아야지. 그 때문에 레빗은 최선을 다해서 냉면을 만들기 시작했다.

"오이나 배 같은 건 얼마나 올려드려요?"

"오이는 평범하게, 배는 최대한 많이요!"

달콤하고 아삭아삭한 배는 냉면에 있어서 빠질 수 없는 녀석이다.

"먹을 줄 아시는군요."

그가 대회 우승자라는 사실도 잊은 레빗. 그는 단 한 사람을 위해 열심히 냉면을 만들었다.

"참, 요리 완성될 때마다 제 인벤토리에 좀 넣을게요."

"아, 네."

그렇게 한다고 200인분의 냉면이 안 불진 않을 텐데? 그런 생각을 하며 레빗은 포장 용기에 담긴 냉면을 내놨다. 그때마다 민혁은 식품 보관 인벤토리에 담았다. 그렇게 레빗은 총 220그릇의 냉면을 주었다.

"20그릇이 더 많은데요?"

"서비스입니다."

"감사합니다, 번창하실 거예요!"

그 말에 레빗은 빙그레 웃었다. 계산을 끝마치고 문득 레빗은 궁금해졌다.

"근데 냉면만 드시나요?"

"아뇨!"

민혁은 해맑게 웃으며 기대감 어린 표정으로 말했다.

"소생갈비랑 같이 먹을 거예요!"

"캬!"

레빗의 입에서 감탄사가 절로 흘러나왔다. 소갈비와 함께 먹는 냉면은 언제든 맛있다.

하지만 곧 민혁의 얼굴이 다소 시무룩해졌다.

"근데 소양념갈비는 먹기 힘들 것 같아요."

"왜, 왜죠?"

그의 서글픈 표정에 레빗은 자신까지도 서글퍼지는 느낌을 받았다.

"숙성해서 오랫동안 재워놓아야 하잖아요."

소양념갈비는 양념에 버무렸다고 바로 먹을 수 있는 게 아니었다. 물론 일반적인 소생갈비도 맛있긴 하다. 하지만 냉면과 함께라면 소양념갈비가 진리. 민혁은 한 1주 있다가 소양념갈비를 먹고 오늘은 일단 소갈비로 아쉬운 입맛을 달래겠다 생각하고 있었다.

잠시 곰곰이 생각에 빠진 레빗. 그는 시무룩해 하는 이 앞의 손님에게 도움을 주고 싶었다. 그러다 생각난 게 있었다.

"인근에 있는 돼지양념갈비 집에 가면 켈로 씨가 바로 숙성을 시켜줄 겁니다!"

"에?"

민혁은 고개를 갸웃했다.

"켈로 씨는 숙성의 요리사라는 직업을 가졌는데, 알기로 몇 주간 숙성시킬 것을 한 번에 할 수 있는 스킬을 가졌다고 들었거든요."

"오오오, 그런 대단한 능력이 세상에 존재하나요?"

민혁은 마치 '전설템'이 어딨는지 들은 사람처럼 흥분한 표정이었다.

레빗이 빙긋 웃으며 고개를 끄덕였다.

"네, 한번 켈로 씨를 만나보세요."

"넵!"

민혁은 예의 바르게 꾸벅 상체를 숙여 보이고 가게를 나섰다. 나선 그를 보며 레빗은 입맛을 다시었다.

"와······. 소양념갈비랑 냉면 같이 먹으면 진짜 맛있는데."

입안에 절로 침이 고였다. 그러다 그는 멈칫했다.

"근데 대회에선 왜 사라지신 거야?"

그는 고개를 갸웃했다.

민혁은 신이 나서 달렸다. 그는 레빗이 알려준 덕분에 켈로라는 자를 만났고 고기를 단 몇 분 만에 완벽하게 숙성시킬 수 있었다. 그의 스킬을 배우고 싶었지만 아쉽게도 그건 불가능했다. 그것은 그가 가진 히든 클래스인 '숙성의 달인' 덕분에 가능한 것이었기 때문이다. 듣기로 그는 게임을 시작하자마자 매일 다양한 요리들을 숙성시켜서 히든 클래스를 얻었다고 한다.

민혁은 켈로에게서 숯도 구매할 수 있었는데, 그가 판매하는 숯은 불을 한 번 붙이면 12시간 동안 꺼지지 않는 마법의 숯이라고 하였다.

"안녕하세요!"

수·우·우·우·웅!

"지금 뭐가 지나간 거지?"

"그러게."

황제의 도시 프라셀의 입구를 지키는 경비병들은 엄청난 속도로 달린 그에 의해 놀랐다. 민혁이 헤이스트에, 바르디 검술까지 사용하여 속도를 높여서 달리고 있었기 때문.

곧 그는 한적한 곳에 도착할 수 있었다. 사람이 아무도 없는 곳. 민혁은 미노타우르스를 잡고 재료습득을 하자마자 소고기의 모든 부위를 뼈까지 통째로 습득할 수 있었다. 그 때문에 미노타우르스가 통째로 민혁의 인벤토리에 들어온 것과 같았다.

괴식의 식신에 따르면 일반 재료보다 더 맛있다고 쓰여 있지 않던가. 기쁨에 겨운 그의 입가가 씰룩였다.

먼저 숯에 토치를 이용해 불을 지핀 후에, 그 위로 구매해 온 사각형의 뻥뻥 뚫린 불판을 깔았다. 주변에는 저번에 삼겹살을 먹을 때랑 비슷한 재료인 상추, 깻잎, 명이나물, 얇게 썬 마늘, 쌈장과 같은 것이 있었다. 여기에 추가된 것은 연초록빛 쌈무와 얇게 썬 양파와 소스, 그리고 물냉면과 비빔냉면이었다.

도마 앞에서 민혁은 요리를 시작했다.

그의 앞에는 육회용 소고기, 즉 우둔살이 있었다. 육회용 소고기는 보통 홍두깨살과 우둔살이 주로 사용되는데, 민혁이 선택한 부위는 다름 아닌 우둔살이었다. 우둔살은 홍두깨살보다도 훨씬 더 씹을 때 부드러운 맛이 있는 녀석이다. 개개인의 입맛에 따라 선택하면 된다.

민혁은 먼저 우둔살을 칼을 앞으로 밀면서 얇게 썰었다.

쓰윽- 쓰윽-

얇게 썰려 나가는 우둔살은 척 보기에도 먹기 좋아 보였다. 붉다. 딱 이 말이 어울렸다. 붉은 우둔살은 윤기가 자르르 흘렀고 톡 건드리면 꿈틀거리며 움직일 것만 같다. 그것들을 얇게 썰어 낸 후에 키친타월을 이용해서 핏기를 쭉쭉 빼줬다.

[핏물을 뺀 우둔살은 양념이 잘 배어 들고 더 쫀득쫀득한 식감을 가지게 됩니다.]

식신의 요리습득 알림이 들려왔다.

핏물을 쫙 빼낸 후엔 양념장을 만들기 시작한다. 다진 마늘 두 숟가락을 먼저 넣고, 그다음 고소하고 감칠맛을 더해줄 참기름을 두 숟가락 넣어준다. 거기에 설탕 한 스푼, 올리고당 한 스푼, 통깨 반 스푼, 후추를 톡톡 뿌려준다. 여기에 매실액을 추가해 줘도 좋다.

그 상태에서 양념장을 섞어준 후 잘 썬 우둔살에 부은 후 조물조물 양념해서 둥글게 말아준다.

붉고 둥그런 육회는 새하얀 그릇 위에 옮겨 담아주고 그 옆으로 무순 여러 가닥을 깔아준다. 거기에 황금 알을 낳는 닭이 낳은 신선한 계란을 톡 까서 노른자와 흰자를 분리해 준다. 흰자는 민혁이 쭈르릅 마셨다. 음식을 버리는 건 나쁜 거라는 생각을 가진 그다운 행동이었다. 분리된 노른자를 육회의 중앙에 떡 하니 올린다. 그리고 배를 얇게 채 썰어 그 옆으로 좌르륵 나열해 준다.

새하얀 접시 위에 담긴 육회. 그 위로 마치 하늘에 뜬 달처럼 둥그런 계란 노른자, 그 옆에 있는 무순과 채 썬 배들이 조화를 이루어 하나의 맛있는 꽃처럼 피어난다.

꾸울꺽-

민혁의 목울대가 절로 움직인다.

하지만 아직, 아직이다. 아직 불판 위에 고기가 올라가지 않았다. 집게로 그릇 위에 있는 고기를 집는다. 양념이 잘 배어든 소양념갈비는 뼈대를 중심으로 둥글게 말려 있었다. 그것을 집어 올리자 부드럽게 펼쳐지고, 불판 위에 올리는 순간.

치이이이이익!

황홀한 소리가 피어올랐다.

숯불 안에서 소양념갈비가 익어가는 동안 젓가락을 이용해 육회 위에 올라가 있는 노른자를 톡 하고 터뜨렸다. 그러자 노른자가 흐르며 육회를 적셨다. 그 위로 무순과 배를 한 아름 집어서 가져간 다음, 쓱싹쓱싹 비벼준다. 붉은 육회 고기에 노른자가 배어들자 입맛 돋우는 색을 띤다. 그것을 크게 집는다. 이때 채 썬 배가 젓가락에 딸려와야지만 더 맛있다.

"와아앙."

입안에 잘 썰린 육회를 집어넣고 우물우물 씹어본다. 먼저 단맛이 느껴진다. 씹으면 아삭아삭 배의 맛이 느껴지고 계속해서 씹을수록 쫄깃쫄깃하고 고소한 육회의 맛이 느껴진다. 거기에 더해 적당량 뿌린 참기름이 입안에 풍미를 더해준다.

그렇게 육회를 맛본 후, 물냉면과 비빔냉면 하나씩을 꺼내고, 가위를 이용해 십자가 모양으로 두 번 잘라준다. 그러면 둥그런 면이 네 조각이 된다. 기호에 맞게 식초와 겨자를 넣어 조합하고 숟가락으로 물냉면 육수를 떠서 입안에 가져간다.

"이 정도면 딱 됐어!"

취향에 맞게 간을 한 후, 그릇을 통째로 들어서 후루루룹 삼켜본다.

"으으으으! 좋아, 아주 좋아!"

이가 시릴 정도의 차가움. 입안 가득 퍼지는, 상큼하면서도 시큼한 육수의 맛. 차가운 면을 들어 후루루룹. 면발이 얇은 함흥냉면은 정말이지 쫄깃했다.

그렇게 먹다가 고기를 뒤집는다.

치이이이익-

뒤집고 조금 더 익힌 후에 고기를 큼직큼직 잘라준다. 육즙과 양념을 한가득 머금은 소양념갈비는 척 보기에도 먹음직스러웠다. 빠르게 비빔냉면의 노른자를 으깨서 양념과 함께 쓱싹쓱싹 비빈 민혁은 서둘러 입가로 가져갔다.

"후루루루루루룹!"

매콤달콤한 맛을 본 입가에 흐뭇한 미소가 절로 감돈다.

불판 위의 고기에 젓가락을 뻗는다. 먼저 첫입은 그냥 먹기로 한다.

"후! 후!"

젓가락으로 집어 들었음에도 소양념갈비는 아직도 기름기가 지글거리는 게 보였다. 입으로 불어서 열기를 식혀준 후 먹어본다.

"와……."

입안에 넣는 순간 달콤함이 퍼지고, 씹을수록 더 부드러워진다. 잘 배어든 양념 맛에 절로 몸이 전율한다.

그다음 비빔냉면 위에 한 점을 가져간다. 고기와 면을 함께 집어 들고 그 상태에서 후루루룹- 하고 단숨에 먹는다. 매콤달콤한 비빔냉면과 달콤하고 부드러운 식감의 소양념갈비가 만나 입안에서 춤을 춘다.

민혁은 흡족한 미소를 지으며 소양념갈비를 먹어치웠다.

"흐루루루룹! 우물우물."

물냉면 100그릇과 비빔냉면 100그릇을 먹어치우는 것은 순식간이었다. 거기에 소양념갈비도 족히 20인분은 되어 보이는 양을 뚝딱 해치우고는 큼지막한 뼈를 우물거렸다.

"끄어어어억!"

파다다닥!

민혁의 트림 소리에 인근에 있던 새들이 날아올랐다. 흡족한 미소를 지을 때.

[식신의 진가]
[미노타우르스의 어스 퀘이크 스킬을 획득할 수 있습니다.]
[획득하시겠습니까?]

당연히 음식을 먹기 전 식신의 진가가 재료를 선택하라고 하였고 민혁은 지체하지 않고 미노타우르스의 고기를 선택했다.

"예."

[획득률 4%…… 18%…… 41%…… 88%…… 100%]
[어스 퀘이크 스킬을 획득합니다.]

"으흠."

민혁은 고개를 끄덕거리면서 그대로 대자로 누워버렸다. 세상에서 가장 행복할 때가 바로 밥을 먹고 누웠을 때인 그였다. 그는 어스 퀘이크를 열람해서 확인해 봤다.

(어스 퀘이크)

엑티브 스킬

레벨: 4 클래스

소요 마력: 250 / 쿨타임: 20분

효과:

•반경 10m 안에 격렬한 지진을 일으켜 500~600의 마법 대미지를 입힌다.

확인한 후 민혁은 고개를 주억였다. 배가 부르진 않지만, 밥을 먹고 나니 졸렸다. 그는 꾸벅꾸벅 졸기 시작했다. 이어서 풀밭에 누워 잠에 빠져들기 시작했다. 달콤한 휴식이었다.

한편, 민혁이 그런 꿀맛 같은 휴식을 취할 때, 시상식장은 난리가 나 있었다.

"우승자가 사라졌다!"

유저들은 의아한 목소리를 냈다. 그리고 이어서 카인이 시상식장 안으로 들어갔다. 알리샤와 카인은 원래 시상식을 하기로 되어 있던 사람들이었다.

카인은 꽃다발을 루시아에게 주기 위해 걸어갔다.

터벅터벅-

그녀는 고개를 푹 숙이고 있었다.

'상실감이 크겠지.'

얼마나 노력했는지, 얼마나 달렸는지 카인도 알고 있었으니까. 그러나 한편으로는 다행이란 생각이 들었다. 너무 강한 나뭇가지는 끊어지게 마련이다. 그녀가 더 유연해져 더 많은 세상을 경험했으면 하는 카인이었다.

그가 다가가 루시아에게 꽃다발을 내밀었다.

"……잘했다. 최고다, 내 동생."

루시아가 고개를 들고 씁쓸한 미소를 지었다.

'결국, 난 최고가 되지 못하는 걸까?'

하지만. 1등을 한 사람이 그이기에, 그 사람이기에 다행이란 생각이 문득 들었다.

그런데.

'날 두고 어딜 간 거야? 부끄러운 건가?'

자신을 구하기(?) 위해 앞을 막았던 민혁이었다. 한데, 왜 갑자기 사라졌을까?

그때 카인이 어깨에 팔을 두르며 말했다.

"정말 멋졌어, 내 동생."

피식하는 웃음이 났다. 카인은 평소보다 좀 더 따뜻했다. 원래 따뜻했지만, 더 크게 느껴졌다.

카인은 정상만 보던 동생이 이젠 어느 정도 마음을 열지 않을까? 그렇지 않다면 자신이 노력하리라. 그런 생각을 하고 있었다.

루시아가 말했다.

"오빠."

"응?"

"나 좋아하는 사람 생겼어."

그 말을 듣는 순간.

쫘아아악-

카인의 주먹이 힘껏 쥐어졌다. 그는 조용히 웃고 있었지만, 이마에 혈관 마크가 튀어나온 상태였다.

"누, 누군데?"

"아까 그 사람."

쫘아아악-

또다시 주먹이 쥐어진다. 하지만 카인은 내색하지 않고 웃으며 말했다.

"가, 같이 뭐했는데?"

"그냥 같이 밥 먹고."

"뭐 먹었는데?"

카인이 갑자기 집요해지자 루시아는 고개를 갸웃하면서도 툭 말했다.

"라면."

"뭐……?"

그 말을 듣는 순간 카인의 머릿속에서 오만가지 생각이 들기 시작했다. 루시아는 그럴 아이가 아니다. 그렇다면, 그놈이 먼저 말했겠지.

'우리 집에서 라면 먹고 갈래?'

'그 늑대 같은 놈이! 나쁜 놈이! 감히 내 여동생을 건드려?'

"라, 라면이라…… 하하하…… 마, 맛있었겠구나."

카인이 어색하게 웃었다. 그러자 루시아가 말했다.

"그 사람이 끓여줬는데, 맛있더라."

'역시 그 나쁜 놈이 내 착한 동생을 유혹(?)한 게 분명하구나!'

이어서 루시아가 말했다.

"아까 나 구해줄 때 되게 멋지더라."

"늑대 새……"

"응?"

"아, 아니다. 루시아."

카인은 놈이 큰 그림을 그렸다고 생각하고 있었다. 그러면서 몸을 돌려 뒤쪽에 있던 알리샤에게 다가갔다.

카인이 루시아에게는 들리지 않을 목소리로 말했다.

"알리샤."

"응?"

"그 빌어먹을 놈을 가만두지 않을 거다. 길드에 척살령을 내릴까? 아니면 감옥에 가둬놓고 못 나오게 할까! 또 아니면 발톱을 문지방에 찧게 만들어 버릴까……!"

"……"

알리샤는 두 사람의 뒤통수를 때린 후에 이런 말을 하고 싶었다.

'착각 좀 적당히 해라.'

하지만 그런 본인도 민혁이 강해지기 위해 운동한다고(?) 착각하고 있는 사실은 모르고 있는 그녀였다.

창욱은 휴대폰을 보았다. 실시간 검색어가 떠올라 있었다.

[1. 대회 우승자 잠수]
[2. 우승자 NPC]

2위를 기록하고 있는 검색어를 클릭해 봤다. 그러자 글들이 우르르 나타났고 기사들도 나타났다. 그는 블로그 글을 확인해 봤다.

[이번 아테네 대회 우승자 NPC라네요. 사실 편의점에서 먹는 거 보셔서 아시겠지만, 사람이라면 그렇게 먹을 수 있을까요? 보니까, 편의점 음식을 혼자서 거의 다 먹어치웠습니다. 그리고 레벨 140의 미노타우르스를 솔플한다? 말이 안 되죠. 저 아는 사람이 아테네 관계자인데, 그분이 우승자 NPC라고 했습니다.]

이처럼 실시간으로 네티즌들이 짜깁기한 유언비어들이 진짜처럼 올라오는 중이었다. 현실을 알고 있는 창욱으로서는 어처구니가 없었다.

때마침 캡슐이 열리며 민혁이 나왔다.

"오, NPC 안녕?"

"……심심해요? 왜 그래요?"

민혁은 고개를 갸웃했다. 머쓱했던 창욱이 헛기침을 했다. 주변에서 감탄의 목소리가 흘러나왔다.

"와, 민혁이 진짜 강하던데?"

"루시아 앞 가로막고 미노타우루스한테 덤빌 때 소름 돋았어."

"제가 이런 남자입니다."

민혁은 턱을 쓸며 웃어댔다.

"너 그보다 시상식 때 어디 간 거야?"

"소고기 먹으러 갔지요."

"……소고기? 엘레 행차했다는데 소고기를 왜 먹으러 가?"

"엘레 행차보단 당연히 소고기 아닌가요?"

"그렇지……. 황제보다 소고기지."

사람들이 전부 고개를 끄덕였다.

그들이 봤을 땐 아니다. 엘레와의 만남, 그리고 관계를 쌓으면 그 값어치는 상상도 할 수 없다.

"엘레랑 인연 쌓으면 전설 클래스 같은 거로도 연결…… 아, 맞다. 버서커도 양갱 먹는다고 안 했지. 참."

창욱은 뒷머리를 긁적였다. 그러다 문득 생각난 게 있었다.

"맞다, 너 우승하고 뭐 뭐 받았어?"

"형 저 뭐 받았죠?"

"……네가 받았는데 나한테 물어보면 어떻게 해?"

미노타우르스를 습득하고 정신이 없었던 민혁이었다. 미노타우르스를 사냥했을 때의 알림은 기억이 났다. 먼저 1만 포인트.

민혁은 휴대폰을 집어 들었다.

"세상에, 보상받았는데 확인도 안 하고 소 먹은 놈은 네가 처음일 거다."

창욱의 말을 한 귀로 듣고 흘리며 민혁은 휴대폰 창을 열다가 툭 말했다.

"아, 저 어스 퀘이크도 익혔어요."

"미노타우르스가 가지고 있던 거?"

"네."

"대박이네. 아직 100레벨 전인데 200레벨 마법사들이 익히는 어스 퀘이크를 배우다니."

창욱이 봤을 때 말도 안 될 정도다. 사실상 200레벨 때 배우는 스킬이었고 어스 퀘이크 같은 고레벨 마법은 스킬북도 없다. 오로지 마탑에서 마법사들이 배워야만 하는 거다. 또한, 어스 퀘이크는 광범위 마법이었기 때문에 이제 초보에서 중수로 넘어가는 민혁에게는 커다란 발판이 되어줄 거다.

결정적인 것은 바로 이것이다.

"그렇게 스킬 종류를 상관없이 익힐 수 있다니……"

스킬 종류를 상관없이 익힌다.

전사들의 스킬과 마법사들의 스킬은 각각 직업에 따른 제한이 있다. 사실 민혁은 창욱이 보았을 때 전사형에 가깝다. 하지만 그는 마법사형 스킬을 익혔다. 그게 가지는 메리트는 상상도 할 수 없을 정도로 크다고 할 수 있었다.

"너 미노타우르스의 뼈 목걸이도 얻지 않았어? 그것부터 확인해 보자."

오히려 민혁보다 창욱이 더 흥분한 기색이 역력했다. 민혁이 그걸 줍자마자 실시간 검색어에 계속 떠올랐을 정도. 한 번도 미노타우르스에게서 드랍되지 않았던 목걸이 아티팩트!

민혁이 휴대폰으로 확인해 봤다.

(미노타우르스의 뼈 목걸이)

등급: 유니크

제한: 없음

내구도: 3,000/3,000

방어력: 20

특수 능력:

  • 지혜+100

  • MP 회복률 100% 상승

"우와! 이거 진짜 좋다. 야야, 민혁아 이거 봐봐. 지혜 백이면

MP가 천 오르고, 거기에 MP 회복률이 100% 상승이라고! 이거 완전 대박이다.”

“오, 좋은 건가?”

“MP 회복률 100%면 기존에 1분에 30씩 자연 회복되던 MP가 1분에 60씩 회복되는 거잖아, 야 이거 마법사들은 갖고 싶어서 미칠 것 같은데? 이야, 심지어 제한도 없어!”

“오호.”

생각해 보면 민혁도 MP를 올릴 필요성을 느꼈다. MP가 500 미만이었기 때문에 스킬을 사용하면서 부족하다고 느낄 때가 많아 보너스 포인트를 지혜에 투자할까 싶었던 참이다. 그랬기에 민혁에게도 꽤 반가운 내용이었다.

강해지면 더 맛있는 걸 많이 먹을 수 있을 테니까.

4장
엘레와의 친밀도

'부럽다⋯⋯. 무슨 복을 타고났길래⋯⋯.'

그런 생각을 하던 창욱이 말했다.

"이거 말고 또 없어?"

"업적 포인트도 만 점 받았어요."

"마, 만? 내가 이제까지 받은 업적 포인트가 만삼천인데?"

"와, 형 게임 진짜 못하시나 보네요."

그 말에 창욱의 주먹이 불끈 쥐어졌다.

그가 못하는 게 아니라 민혁이 사기적인 것이다. 업적 포인트는 결코 쉽게 얻지 못하기 때문이었다.

"그 정도면 진짜 좋은 거로 교환할 수 있겠다. 하긴, 미노타우르스 그거 잡지 말라고 뿌려놓은 건데, 잡았으니⋯⋯."

"으흠."

민혁은 고개를 끄덕이며 아테네 공식 홈페이지를 찾아봤다.

'업적 포인트로 맛있는 거 사 먹기.'

[요리사의 탑에 가서 업적 포인트로 재료 사기.]
[요리사의 탑 업적 포인트로 구매한 재료.]

이 비슷한 글들이 많았다. 하지만 그런 글 중에 부정적인 글들이 무척 많이 보였다.

[여러분, 똥 밟지 말라고 꿀팁 알려 드립니다. 요리사의 탑에서 업적 포인트로 재료 사는 거 바보 같은 짓입니다.]
fgjkadf31: 그게 왜 꿀팁임? 바보가 아니라면 전부 아는 사실 아닌가요?
콩이빠덜: 저희 집 콩이랑 옆집에 사는 말티즈 칸쵸도 그건 압니다.

"음?"
민혁은 고개를 갸웃할 수밖에 없었다. 업적 포인트로 재료를 사는 게 바보 같은 짓이라니?
그는 계속해서 검색해 봤다.

[업적 포인트로 요리사의 탑에서 재료 사지 말아야 하는 이유 정리해 드립니다.

1. 업적 포인트 대비해서 요리 재료에 붙어 있는 특수 능력이 현저히 적은 편입니다. 더군다나, 요리사들은 버프 능력밖에 없는데, 굳이 단발성의 재료를 살 필요가 있을까요?

2. 그 업적 포인트로 차라리 버프량을 높여주는 요리사의 식칼이나, 조리모를 사는 게 훨씬 이득, 혹은 요리사 스킬을 사는 것도 나쁘지 않습니다.

이 두 가지가 핵심인데, 초보 유저들이 보통 아무것도 모르고 재료 사서 먹으면 요리 숙련도나 이런 거 오를 줄 알고 구매하다 낭패 보는 거 많이 봤습니다. 그러지 마시길.]

"오호."

민혁은 턱을 쓸었다.

"너 업적 포인트로 뭐 살 거야?"

"맛있는 거요."

"……만 포인트로?"

"네."

생각해 보면 민혁은 마부인 바란에게 대장장이 론을 만나라는 퀘스트를 받았다. 그가 있는 곳 인근으로 탑들이 있을 테니 겸사겸사 가면 될 것이다.

"만 포인트로 맛있는 거 사면 뭘 줄까? 흐흐……."

만 포인트 정도면 창욱이 보았을 때 꽤 대단한 보상을 얻을 수 있다. 하지만 그걸 전부 먹을 것으로 바꿔 먹겠다니,

그러다 문득 이런 생각도 들었다.

'만 업적 포인트짜리 재료는 도대체 어떤 거려나?'

그게 조금 궁금하기도 했다.

이어서 민혁은 휴대폰으로 자신의 알림창을 확인해 봤다. 시상식장으로 이동된 후에 민혁은 어서 빨리 나가야 한다는 생각에 사로잡혀 알림을 제대로 듣지 못했었기 때문이다. 유저가 들었던 알림창은 원한다면 휴대폰으로 문구를 확인할 수 있었다.

[52,000,000골드를 획득합니다.]

[대회에서 우승하셨습니다.]

[명성 50을 획득합니다.]

[업적 포인트 5,000을 획득합니다.]

[엘레의 검술을 익히실 수 있습니다.]

[엘레에게 작은 소원 한 가지를 부탁하실 수 있습니다.]

"오천만 골드? 원래 미노타우르스가 골드를 많이 줘요?"

"아니지, 아마 이벤트용 몬스터랑 비슷하게 준 것 같은데, 그보다 업적 포인트 또 있네."

총합 1만 5천 업적 포인트. 거기에 에픽 스킬인 엘레의 검술까지 익힐 수 있다.

"와, 엘레의 검술. 부럽다……. 에픽 스킬을 얻다니…….."

창욱도 가진 스킬 중에서 가장 강한 게 유니크였다. 사실상 에픽 스킬은 유저들 중에서도 가진 이가 많지는 않은 편이었다. 거기에 엘레에게 작은 소원 한 가지를 부탁할 수 있다는 것. 그에 창욱은 곰곰이 생각하다 말했다.

"좋은 생각이 났어!"

"……?"

"에픽 아티팩트를 달라고 해, 그게 아니면 에픽 아티팩트로 이어지는 퀘스트 같은 거. 캬! 형 머리 좋지?"

창욱의 말을 듣고 곰곰이 생각하던 민혁은 벌떡 몸을 일으켰다.

"그, 그런 방법이 있었구나!"

"그래, 너도 드디어 형 말을 듣는구나!"

창욱이 뛸 듯이 기뻐했다. 곧이어 캡슐로 들어가면서 민혁이 말했다.

"엘레한테 맛있는 거 달라고 해야지!"

"……."

"……."

"……."

창욱과 주변의 사람들은 캡슐로 들어가는 그를 멍하니 바라봤다.

엘레는 자신의 집무실에서 업무를 처리하고 있었다. 그녀가 확인하는 것은 근래 이필립스 제국에서 나타난 이방인 중 두각을 드러낸 이들에 대한 검토였다.

검토하던 그녀가 의아한 표정을 지으며 말했다.

"흑염룡? 대단한 사람이구나."

"그렇습니다. 폐하."

엘레가 어렸을 적부터 그를 보좌하였던 루스가 꾸벅 상체를 숙여 보였다.

"아직 100레벨이 되지 않았는데, 대상인으로 전직한 것도 모자라 쓰러져 가던 상단을 매입하여 본래 매출의 1,200%를 달성하다니, 상인으로서의 역량이 뛰어난 자인 것 같아. 되도록 영입하였으면 좋겠군."

"영입 제안은 이미 하였습니다. 하오나……."

루스는 굉장히 안타까운 표정을 지었다.

"흑염룡이 말하기를 '나는 한 사람만을 위해 싸우고 한 사람만을 위해 이곳에 있다'라고 하였습니다. 그가 상단을 키우는 이유 또한, 그 한 사람을 가로막는 장애물들을 없애기 위함이라고 합니다."

"호오."

엘레는 그 말을 듣고 흥미가 생겨 턱을 쓸었다. 오로지 한 사람만을 지키고 싶어서 대상인이 되어 세력을 넓혀가고 있다니. 참으로 멋지지 아니한가.

"그의 재능이 탐이 나서 계속된 권유를 하자 정색을 하여 말하기를."

엘레는 관심을 가졌다. 그처럼 확고한 뜻을 가진 사람. 그가 무슨 말을 하였을까.

"'내 오른손의 그 녀석이 미쳐 날뛰려 한다, 더 이상 나를 귀찮게 한다면 꿈틀거리는 그 녀석이 가만히 있지 않을 것이다'라고 말했습니다. 폐하."

"……."

"……."

엘레는 잠시 말이 없었다, 루스도 무안함에 헛기침했다.

"독특한 이방인이군."

"……그렇습니다, 폐하. 참, 이제 식사 시간이 되었습니다."

엘레는 그 말에 고개를 주억이며 걸음을 옮겼다. 집무실을 나가 식탁으로 가자 길게 나열된 호화로운 산해진미가 보였다. 황궁의 요리사들이 만들어낸 황홀한 요리! 일반 이방인들이 한 번이라도 맛보고 싶어 하는 음식들이었다.

하지만 몇 번 떠먹어 보던 엘레는 후, 하고 한숨을 쉬며 식기를 내려놓았다.

"입맛이 없구나."

루스는 그 모습을 보며 참으로 안타까웠다. 랜. 그가 나간 이후부터 그녀는 식욕을 잃은 사람 같았다.

물론 루스가 보기에도 요리의 맛은 랜이 압도적으로 뛰어났었다. 그에 황궁의 요리사들은 어쩔 줄 몰라 할 수밖에 없었다.

"그것을 가져오라."

"예!"

하지만 그런 엘레의 식욕을 돋을 수 있는 음식이 딱 한 가지가 존재하였다. 이는 본래 이방인들의 세계의 음식이라고 하였다.

곧이어 황궁 요리사들이 그것을 대령했다. 그녀의 앞에는 잘 구워져 김이 모락모락 피어오르는 그것과 까르보나라 스파게티가 있었다.

그것을 담고 있는 캔에는 '스팸'이라는 두 글자가 영어로 적혀 있었다.

"스팸. 참으로 희한한 녀석이야, 없던 입맛도 다시 생기게 하니 말이다."

루스는 그 말에 작게 웃음 지었다.

엘레는 먼저 까르보나라를 먹고, 그다음 짭조름한 스팸을 먹었다. 이 스팸이란 음식은 바삭하게 구워야 식감이 살아나고 씹는 맛이 있었다. 거기에 조금 짭조름한 맛이 있어 자신도 모르게 까르보나라를 더 많이 먹게 되었다.

"맛있어, 아주 훌륭해."

"그렇게 맛있사옵니까."

루스가 본 엘레는 먹을 걸 참으로 좋아했다. 하지만 랜이 나간 이후로는 영 입맛이 없는 듯 보였다.

루스는 작은 한숨을 쉬었다.

'또 그때 이후로 웃으시는 모습도 본 적이 없지.'

그녀는 그가 나간 이후로 오로지 황제로서의 업무에만 집중했고, 찔러도 피 한 방울 나오지 않을 황제가 되어버렸다.

바로 그때였다. 피닉스 기사단의 단장 카스가 들어왔다.

"단장, 폐하께서 식사 중이신 거 안 보이오?"

"압니다. 하지만 폐하께서 이번에 우승을 한 이방인이 오면 바로 들이라 하시지 않았습니까?"

그 말에 엘레는 포크를 멈추며 고개를 끄덕였다.

"혹시 그가 온 것이냐?"

"그렇습니다."

엘레의 눈이 이채를 머금었다.

"들라 하라."

"예!"

카스가 후다닥 걸음을 옮겼다.

엘레는 그가 궁금했다. 랜의 인정을 받고 자신이 건넸던 식칼을 전수 받은 자. 대회에서 뛰어난 기량을 보여 우승한 자.

곧이어 그가 안으로 들어와 넙죽 고개를 숙였다.

"네가 그 민혁이라는 이방인이로구나."

"그렇습니다. 폐하."

"어디 불편한 것이냐?"

"아닙니다."

그의 몸은 계속 움찔거리고 있었다.

"너 또한 들어서 알겠지만, 우승의 대가로 앞으로 나에게 검술을 전수받을 수 있을 것이다."

"네, 감사합니다. 폐하."

엘레는 고개를 갸웃했다.

'별로 안 기뻐하는 목소리인데?'

자신의 검술을 배우고 싶어서 안달 난 사람들이 아주 많았다. 하지만 그의 목소리는 다소 무미건조한 느낌이었다.

움찔거리던 이방인이 입을 열었다.

"폐하, 우승을 하면 폐하께 작은 소원 한 가지를 부탁드려도 된다고 들었사옵니다."

"······그렇지."

그 말에 엘레는 피식 웃었다.

'똑같군요. 랜.'

랜에게 식칼을 받아온 이방인. 그는 조금 특별할 거라고 생각했다.

랜은 자신을 사랑했고 아꼈다. 순수한 사람이었다. 그래서 미각도 없으면서 자신을 위해 뭐든 했다. 손재주를 올려 요리를 만들었고 자신을 기쁘게 해줬다. 그처럼 이도 순수한 사람일 거라 생각했다.

하지만 아니었다. 탐났을 거다. 황제인 자신은 그 작은 소원으로 해줄 수 있는 게 많다.

"원하는 게 무엇이냐? 특별한 무기가 있는 장소더냐? 아니면 나의 보물 창고에서 몇 가지 물건을 가져오길 원하느냐? 또 아니면 작위? 수억 골드? 말해보라. 해줄 수 있는 선에서는 뭐든 해주겠다."

소를 먹으러 갔다고 하여 그에게 관심이 생겼었다. 하지만 이제 그 관심이 사라졌다. 이도 평범한, 욕심 많은 이방인일 뿐이다.

이방인들은 항상 그렇다. 다 똑같다. 그리고 그 이방인이 고개를 들어 올려 초롱초롱한 눈빛으로 엘레를 보았다. 엘레의 검술을 전수받는다고 할 때는 다소 시무룩한 목소리였는데, 갑자기 이러자 엘레는 의아했다.

그가 기쁨에 겨운 표정으로 말했다.

"폐하. 정말이지 어려운 부탁인데 괜찮겠습니까?"

"말해보라, 나는 이 이필립스 제국의 황제인 엘레다. 가능한 선에서는 뭐든지 해주겠다."

그에 사내는 정말 힘겹게 입을 떼며 활짝 웃었다.

"저에게도 스팸을 먹을 수 있는 영광을 주소서!"

그 말을 들은 엘레는 잠시 말이 없었다. 루스도 마찬가지였다. 그녀가 재차 물었다.

"스팸……? 이 햄 말이더냐?"

"네에!"

그는 고개를 맹렬히 끄덕였다. 그 말을 듣는 순간.

피식-

웃음이 났다.

루스는 고개를 돌려 그녀를 바라봤다. 웃었다, 그녀가. 얼마만에 보는 웃음인지 모르겠다.

곧이어.

"푸하하하하하!"

그녀가 배를 잡고 웃기 시작했다.

민혁은 고개를 갸웃할 수밖에 없었다. 그녀가 왜 웃는 것인지 도통 알 수가 없었다.

그는 처음 이곳에 들어오자마자 코를 근질거리게 하는 냄새를 맡을 수 있었다. 그리고 직감할 수 있었다.

'이, 이건…… 스팸이다!'

스팸이란 어떤 존재이던가. 그냥 수저로 퍼먹어도 맛있고 구워 먹어도 맛있으며 부대찌개에 넣어 먹어도 맛있다.

'따끈한 밥에 스팸 한 조각.'

광고 속 멘트처럼 스팸은 그냥 굽기만 해도 맛있는 녀석이라는 거다. 그에 민혁의 몸이 전율했다.

한데, 엘레는 자신이 작은 부탁을 들어주겠냐 물으니, 이상한 것들을 물어왔다. 수억 골드나 귀족의 작위, 황궁의 보물 창

고의 무기들, 이딴 것들이 감히 스팸 님과 견주어지긴 하던가?'

민혁은 눈치챘다.

검의 대제 엘레. 과연 대단하다. 자신이 스팸의 이야기를 꺼내지 못하게 하기 위해 그런 것들을 앞서 제시한 것이구나!

하지만 포기하지 않는 민혁이었다. 그는 힘을 내어 정중히 청하는 데 성공했다.

'스팸이 먹고 싶다고!'

그런데 자신의 말을 듣고 웃기 시작한 엘레. 그녀는 정말 한참이나 미친 듯, 배꼽이 빠질 것처럼 웃어댔다.

민혁이 고개를 갸웃하다가 엘레의 옆에 선 남성 루스와 눈이 마주쳤다. 그도 입을 막고 작게 웃고 있었다.

그때 알림이 울렸다.

[엘레와의 친밀도가 상승합니다.]
[엘레와의 친밀도가 상승합니다.]
[5대 스텟을 3씩 획득합니다.]
[명성 5를 획득합니다.]

'……뭐지?'

민혁은 고개를 갸웃했다. 엘레와의 친밀도가 상승했을 뿐이다. 그런데 어째서 5대 스텟이 3씩이나 상승하고 명성도 5나 올랐는가. 그에게 있어 스팸이 먹고 싶어 먹고 싶다 한 것은,

홍시 맛이 나는데 어찌 홍시 맛이 나냐고 물으시면 모르겠습니다! 와 같은 이치였다.

그는 정말 모르겠다는 표정으로 고개를 갸웃했다.

대회 우승자 민혁 유저의 행방불명! 그에 따라서 아테네 직원들은 비상사태에 돌입했다. 회의가 연달아 진행되고 세간에는 루머가 확장되어 계속 퍼지는 중이었다.

박 팀장은 회의 중 잠시 쉬는 시간에 자신의 부서로 왔다가, 이민화의 놀란 목소리를 들을 수 있었다.

"헙!"

"……왜 그래?"

"지, 직접 보셔야 할 것 같아요."

이민화의 말에 박 팀장은 모니터를 바라봤다.

그곳에 이런 글이 떠올라 있었다.

[검의 대제 엘레와 민혁 유저의 친밀도가 상승합니다.]
[검의 대제 엘레와 민혁 유저의 친밀도가 상승합니다.]
[친밀도에 따라 민혁 유저에게 5대 스텟 3, 명성 5가 보상으로 주어집니다.]

"에, 엘레와 친밀도를 쌓았다고?"

"네, 보시는 바와 같이……."

"도대체 어떻게 쌓은 거야?"

"엘레에게 작은 소원 말하기 보상 있잖아요?"

박 팀장은 심각한 표정으로 고개를 끄덕였다.

"그 소원으로 스팸을 먹고 싶다고 했습니다. 그 말 듣고 엘레가 폭소했어요."

"에, 엘레가……?"

엘레가 웃었다는 건 병아리가 오리가 되었다는 말처럼 놀라운 일이었다. 엘레라는 NPC는 애초에 무척 특별하다. 세간의 관심을 받는 NPC였으니까. 그녀를 통해서 여러 가지 퀘스트를 진행할 수 있고 보상도 받을 수 있다.

그중 하나가 바로 엘레와의 친밀도 쌓기다. 엘레의 친밀도는 사실상 쌓는 게 불가능할 정도로 어렵다.

그녀는 황제다. 친밀도를 쌓으려면 그녀의 마음을 사로잡아야 한다. 황제의 마음을 사로잡는다? 상인이라면 이필립스 제국의 재정을 20% 정도 올려주면 가능할지도 모르고, 전사 클래스라면 그녀와 대등하게 검으로 맞붙으면 가능할지도 모르겠다. 그 정도로 엘레와 친밀도를 쌓는 건 무척 힘든 일에 가까웠으며 저러한 업적들을 해내도 알림 한 번 정도나 들렸을 거다.

한데, 고작 스팸 하나로 친밀도를 쌓았다. 더군다나, 친밀도란 한 번 호감이 생기면 밉보이는 짓을 하지 않는 이상 쑥쑥 상승하지 않던가.

"작은 소원으로 스팸……. 진짜 매일매일 들어도 놀랍네."

박 팀장은 생각했다. 민혁 유저는 매일 봐도 새롭다고.

"아마 저 유저는 모르겠죠?"

이민화가 중얼거렸다.

"자신이 한 발언으로 친밀도를 쌓은 행위가 얼마나 대단한 일인지."

수억 골드? 황궁에서 보유하고 있는 무기? 또는 놀라운 퀘스트? 아니, 그것보다 민혁이 황제 엘레의 마음을 샀다는 게 중요했다. 그게 가지는 힘은 크다. 또한 그로 인해 엘레가 어떠한 변수로 민혁을 대할지 알 수 없다는 거다.

"계속 친밀도를 쌓으면 민혁 유저 보상받는 거죠?"

박 팀장은 고개를 끄덕였다. 그러곤 이어 말했다.

"자유도가 높은 이곳에서 엘레가 민혁 유저에게 뭘 해줄지를 모른다는 게 문제지."

황제가 무언가를 해준다. 그것은 박 팀장도 결코 예상할 수 없는 것이었다.

"이 스팸이 그리도 먹고 싶으냐?"

"네에!"

민혁은 아기 새처럼 힘차게 대답했다. 그런 그를 보며 빙그레 미소를 지은 엘레가 손짓했다.

"이리 오너라."

"하오나, 폐……."

"닥쳐."

"예!"

기사단장 카스가 우려의 목소리로 말하려는 것을 엘레가 시원하게 한마디해서 조용하게 해주었다.

황제와 이방인이 겸상을 한다! 이는 결코 찾아볼 수 없는 광경이었다. 민혁은 빠르게 그녀의 맞은편에 앉았다. 그러면서 식탁을 둘러보다가 의아한 표정이 되었다.

"왜 그러느냐?"

"아뢰옵기 황송하오나 폐하."

"편하게 말해도 된다. 이방인들은 이런 말투에 익숙하지 않을 테니까."

"그럼 편하게 엘레 누나라고 부를까요?"

"그거 좋구나."

"……."

하지만 그를 바라보는 주변 신하들의 표정은 가관이었다.

'누, 누나……?'

'황제 폐하한테 누나라고?'

그것을 흔쾌히 수긍하는 엘레를 보는 것도 신선했다.

민혁이 소를 먹기 위해 사라졌을 때 이해해 주던 모습과 찔러도 피 한 방울 나오지 않을 것 같은 평소의 모습은 동일 인물이라기엔 너무 달랐다. 신하들이 예상할 수 없었던 모습이었다.

사실 민혁은 현실에서 난다 긴다 하는 유명 인사들, 전대 대통령에게까지도 '큰아빠', '삼촌', '아저씨' 같은 호칭으로 부르곤 했었다.

물론, 그의 아버지가 회장 강민후였기에 가능했던 일이다.

"누나, 왜 이렇게 맛없게 식사를 하고 계신 건가요? 동생 민혁이 진심으로 마음이 아픕니다."

"맛없게?"

엘레는 그에 고개를 갸웃했다. 방금까지만 해도 자신은 꽤 흡족해하고 있었다.

"스팸은 이렇게 먹는 것 말고 다른 방법이 있습니다."

"호오? 그래?"

엘레가 살짝 이채를 띠며 관심을 보였다.

"예, 제가 만들어 드려도 될까요?"

"그래."

엘레는 고개를 끄덕였다.

더 맛있게 먹는 방법이 있다? 없던 입맛을 그나마 돋게 해주었던 스팸을 더 맛있게 먹을 수 있다니, 음식을 사랑하는 그녀에게도 꽤 반가운 소식이었다.

"준비물이 필요합니다."

"편히 말해보거라."

"정말 편히 말해도 되나요?"

엘레는 그를 바라보며 흐뭇한 미소를 짓고 있었다. 그것은 분명히 엄마 미소와 흡사했다!

"스팸 100캔과 오징어 젓갈 30통, 햇반 200개와 김 200개, 쌈장 100개가 필요하옵니다."

"……설마 그걸 다 먹겠다는 거냐?"

"엘레 누나도 먹고 저도 먹는 거죠. 어여쁘신 폐하가 더 드셨으면 하는 저의 마음입니다!"

민혁은 청산유수 같은 말솜씨를 발휘하며 생각했다.

'흐흐흐. 더 많은 스팸을 먹고 말겠어.'

엘레는 그런 민혁이 이뻐 보였는지 흔쾌히 고개를 끄덕였다.

"준비하라."

"예!"

황궁 요리사들이 빠르게 움직였다.

곧이어 말했던 만큼의 음식이 준비되었다.

민혁은 먼저 스팸 한 캔의 동그란 고리에 손가락을 집어넣어 당겼다. 그러자 뚜껑이 쭈우욱 하고 벗겨졌다. 그리고 스팸을 빼내기 위해 도마 위에 홀홀 털었지만 떨어지지 않았다.

'스팸은 이게 문제야!'

잘 안 빠진다. 설명서에 따르면 옆쪽을 꾹 누르면서 하면 잘 빠진다는데, 안 될 때가 많다. 이럴 땐 식칼을 이용해서 빼내곤 한다.

하지만 곧 엘레가 손가락을 휘휘 저었다. 마력이 뻗어 나가 스팸을 부드럽게 쑤욱 빠지게 해줬다.

"와, 멋져요. 엘레 누나!"

"후후후."

민혁은 정말 어린아이처럼 감탄했다. 그러고는 빠져나온 스팸을 자르기 시작했다.

프라이팬을 조금 달군 다음에 잘 자른 스팸들을 올리자.

치이이이익-

스팸이 프라이팬 위에서 노릇노릇 구워진다. 스팸은 최대한 통통하게 썰고 노릇노릇하게 구워야 맛이다. 그렇게 잘 익혀낸 후에는 접시 위에 담았다. 그리고 접시의 한편에는 쌈장 한 숟가락을 덜고 또 한쪽에는 케첩 한 숟가락을 덜어냈다.

그 상태에서 전자레인지에 황궁 요리사들이 돌렸던 햇반을 꺼내서 뚜껑을 열었다.

화아아아아-

김이 모락모락 피어난다. 민혁은 뜨거움에 후다닥 그것을 식탁 위에 올렸다. 김이 모락모락 나는 스팸!

"스파게티보다는 밥과 잘 어울린다고요."

민혁이 작게 웃었다. 그러면서 그는 숟가락으로 밥을 적당히 폈다. 엘레도 엉성한 자세로 그를 주시하며 따라 했다.

민혁은 김이 모락모락 피어오르는 밥 위로 스팸 한 조각을 올리고 말했다.

"누나, 따라해 봐요."

"따라해 봐요."

"……?"

"?"

엘레는 엉뚱한 구석이 있었다.

"따끈한 밥에~ 스팸 한 조각."

"따끈한 밥에~ 스팸 한 조각."

따라 말하는 엘레.

민혁이 수저 위의 통통한 스팸과 쌀밥을 그대로 입안으로 가져가 씹었다. 그 순간 노릇노릇한 스팸과 쌀알이 입안에서 만났다.

짭조름한 스팸. 스팸은 분명히 짠 음식이다. 그리고 풍부한 햄의 맛을 느끼게 해준다. 씹을 때마다 스팸의 짠맛이 전해지면서도 스팸에서 나온 기름 맛이 입안을 즐겁게 해준다. 그리고 그 짠맛과 기름 맛을, 밥이 잡아주는 느낌이었다.

민혁은 밥을 또다시 퍼서 입안에 넣었다. 스팸은 짜기에 밥을 많이 먹게 하는 밥도둑 같은 녀석이었다!

엘레도 따라서 밥을 더 퍼서 먹었다. 이어 눈을 감고 음미하던 엘레가 말했다.

"……세상에."

그녀는 천상의 맛을 맛본 듯 고개를 천천히 저었다.

"나는 이제까지 무지했도다."

그녀는 마치 황제가 세상의 이치를 또다시 깨달은 듯한 심오한 표정이었다.

"어찌 이토록 맛있는 것을 알지 못하고, 이제껏 스파게티와 함께 스팸이란 음식을 취했던 것이던가. 통탄스러운 일이도다. 정말이지 통탄스러운 일이로다!"

그리고 그 모습을 본 민혁은 생각했다.

'이 누나…… 이상해…….'

하지만 그러면서도 다시 숟가락을 움직인다.

"자, 누나 이번엔 오징어 젓갈!"

민혁은 작은 통에 담긴 오징어 젓갈을 젓가락으로 집었다. 붉은 그 녀석은 윤기가 좌르르르 흘렀다.

그것을 밥 위에 올려 먹어보았다. 짭짤하고 매콤한 오징어 젓갈과 밥의 맛. 밥과 오징어 젓갈만 있어도 밥 세 공기는 뚝딱이다. 정말 입맛이 없을 땐, 밥을 물에 말아서 먹어도 맛있다. 민혁은 그렇게 스팸을 쌈장에도 찍어 먹어보고 밥을 김에 싸서도 먹어봤다.

엘레도 마찬가지였다.

식사를 끝낸 엘레. 그녀는 정말이지 흡족한 표정이었다. 그녀는 부드럽게 웃으며 고개를 끄덕이다가 민혁을 보았다.

"와구와구!"

그는 빠르게 흡입하고 있었다.

"비싸지 아니한 음식인데, 이렇게 나를 만족시킬 줄은 몰랐구나. 우리 황궁 요리사들보다도 낫다."

최고만 모인 황궁 요리사들! 그들은 흠칫할 수밖에 없었다. 고작 저깟 통조림 햄 따위가 더 낫고 맛있다니. 그들은 엘레의 입맛을 도통 알 수가 없었다.

하지만 그 마음을 이해하는 한 사람이 있었다. 바로 민혁이었다. 그는 먹는 것을 멈추고는 그녀를 바라봤다.

그는 조금 진지한 표정이었다.

"꼭 비싸야만, 한 끼에 수십만 원짜리 식사여야만 그 사람을 만족시키는 건 아니니까요."

민혁은 날씬함 빼고 모든 걸 가진 사람이었다. 그러한 그가 현실에서 음식 생각을 할 때, 캐비어나 거위의 간 요리라는 푸아그라, 혹은 상어 지느러미 같은 고급진 음식은 생각난 적이 없었다.

"음식이란 게 좋은 이유는 꼭 비싸지 않아도 모든 사람을 행복하게 만들 수 있어서이지 않을까요?"

그 말에 엘레는 고개를 끄덕였다.

맞는 말이었다. 가슴에 와닿았다. 비싸지 아니해도 사람을 행복하게 만드는 게 바로 음식이다.

그녀는 피식 웃었다.

'맞는 말이야.'

그녀는 이 이방인은 어찌 이렇게 사람의 심금까지 울리는가 싶었다. 그리고 민혁에겐 또다시 알림이 울렸다.

[엘레와의 친밀도가 상승합니다.]
[스킬 포인트 1을 획득합니다.]

또다시 보상을 받았다. 친밀도가 올랐을 뿐인데! 민혁은 의아할 뿐이었다.

민혁의 스팸 식사는 계속되었다. 황궁 요리사들은 음식이 떨어지면 계속해서 리필해 주었다.

곧이어 황궁 요리사들이 말했다.

"스, 스팸이 모두 바닥났습니다!"

"……정확히 얼마나 먹은 거지?"

신기하단 표정으로 민혁을 바라보던 엘레의 물음에 황궁 요리사가 말했다.

"스팸 356캔, 오징어 젓갈 120통, 김 160개, 햇반 600개를 먹었사옵니다."

엘레는 눈을 끔뻑였다. 그리고 민혁은 쾌활하게 웃었다.

"누나, 많이 드셨죠? 거봐요. 많이 가져다 놓고 먹으니까, 많이 들어가죠?"

민혁은 스리슬쩍 넘기는 요령을 발휘했다.

"······어, 어어, 그, 그래."

엘레는 말을 잇지 못했다.

민혁은 생각했다.

'그러고 보면······.'

아까 전에 엘레를 처음 만났을 때 민혁은 알림을 들었었다. 엘레 만나기 퀘스트 완료. 그와 함께 경험치 15,000을 획득하고 레벨업 알림도 들을 수 있었다.

"참, 엘레 누나. 예쁜 누나를 보기 위해서도 있지만 사실 전 랜 님의 부탁을 받기도 했습니다."

"······랜."

그녀는 대회에서 민혁이 엘레의 식칼을 지닌 걸 봤었다. 그 때문에 그 사실 또한 잊지 않고 있었다.

그녀는 묵묵히 고개를 끄덕였다.

"그래. 어떠한 부탁을 받았지?"

"맛있는 요리를 해드리라는 거였습니다."

민혁이 스팸을 해줬지만, 요리를 해주고 퀘스트를 달성했다는 알림을 듣지 못했다. 그리고 엘레는 자신만큼이나 음식을 좋아하는 듯 보였다. 그 때문에 민혁은 직감한 게 있었다.

'분명 맛있는 퀘스트야!'

하지만 엘레는 미간을 좁혔다.

"본인이 직접 오지 않고······ 하긴."

엘레 본인도 랜이 자신으로 인해 이곳을 나갔다는 사실을 알고 있었다. 그녀는 꽤 순순히 납득했다.

너무 오래전의 일이었다. 때문에 랜에 대한 감정도 어느 정도 진정된 지금이다.

"어떤 요리를 해드릴까요?"

"그런데 민혁이 너. 전사 유저 아니더냐?"

엘레는 분명히 보았었다. 그는 대회에서 미노타우르스라는 녀석을 가뿐히 사냥하지 않았던가. 그 움직임은 엘레조차도 그를 피닉스 기사단의 단원으로 제안할까 하는 생각이 들게 할 정도로 파격적이었다.

"음……."

민혁은 깊게 고민했다. 요리사 같기도 한 것이, 전사 같기도 하다. 전사 같기도 한 것이 농부 같기도 했고, 또 농부 같기도 한 것이 마법 스킬도 익히고 있었다.

"이것저것 다 합니다."

"잡다한 것들을 전부 배우는구나."

"그렇죠."

"놀랍구나."

엘레는 진심으로 감탄했다. 이것저것 다 배운 이방인이라니. 여기서 놀라운 것은 바로 이 부분이다.

'이것저것 다 배운 이방인이 이렇게 강할 수가 있는가?'

그의 강함은 이것저것 배웠다고 하여서 무시할 수 있는 범주를 넘어섰다. 당장 대회에서 우승한 것만 봐도 그랬다.

"네 강함의 원천이 어디서 오는 건지도 궁금하구나."

"밥 잘 먹고 운동 열심히 하면 되더라고요."

"……그래."

엘레는 빙긋 웃었다. 그와 있으면 마음이 편해진다. 희한한 일이다. 그 때문에 엘레는 자신도 모르게 그에게 맞춰주고 있다는 사실을 깨달았다.

그녀는 곧 본론으로 넘어갔다.

"내가 먹고 싶은 요리를 말해도 되겠지?"

"물론입니다."

"난 광어와 우럭회가 먹고 싶구나."

"……!"

그 말에 민혁의 눈이 크게 떠졌다.

광어와 우럭? 수산 시장에 가면 '광어랑 우럭이랑 한 마리씩 해서 드시면 돼요!' 하는 그 녀석들 아니던가! 새하얀 속살을 간장 고추냉이 장에 콕 찍어서 입에 넣고 우물우물 씹으면 쫀득쫀득하고 씹을수록 고소하며 담백한 그 광어와 우럭!

그리고 그 녀석을 다 먹은 후에 '이모, 지금 매운탕 주세요. 라면 사리 추가해 주시고요!' 라고 말하면 부글부글 끓고 있는 매운탕이 세팅되고, 수저를 가져다 한 입 떠먹어 보면 이런 말이 나온다. '아직 더 끓여야 해. 끓일수록 더 맛있어.' 그리고 더 끓인 후에 다시 수저를 가져다 먹으면, 간이 딱 맞게 매콤 알싸하며 시원한 맛을 낸다.

그 광어와 우럭이 먹고 싶다? 흥분에 찬 민혁이 말했다.

"우럭은 어떻게 울게요?"

"……?"

"우럭우럭!"

"내가 지금 우럭우럭 하게 해줄 수 있다. 민혁아."

흠칫!

순간 진심이 느껴졌기에 민혁은 몸을 떨었다.

엘레는 곧이어 진지한 표정으로 말했다.

"돌아가신 나의 아버지 엘렌 폐하와 함께 처음으로 낚시를 갔던 때가 있었지, 그때가 처음이었다. 아버지가 손수 요리를 해주신 적은. 막 잡은 우럭을 회 떠주셨고 매운탕을 끓여 주셨지."

그녀의 입가는 과거의 추억을 회상하는 듯싶었다.

"엘렌 폐하는 나에게 검술 훈련을 강요하며 강한 황제가 되라고 거듭 강조하였다. 그가 미웠지만, 그때의 매운탕과 우럭 회의 맛은 잊지 못해. 그리고 그가 돌아가신 후에야 알았지."

엘레는 작은 미소를 지었다.

"아버진 나를 사랑했기에 강한 황제가 되라 하였던 거다. 아직도 내 눈엔 선하다."

그녀는 눈을 감고 작게 웃음 지었다.

"네가 그 맛을 다시 느낄 수 있게 도와다오."

3

[연계 퀘스트: 엘레에게 우럭회 요리해 주기.]

등급: B

제한: 엘레를 만난 자

보상: 엘레의 검술, 고대의 요리 재료

실패 시 페널티: 엘레와의 친밀도 하락

설명: 과거의 추억을 떠올리는 엘레. 그녀는 막 요리한 신선한 우럭회를 먹고 싶어 한다. 그녀에게 우럭회를 해줘라!

민혁은 그녀가 랜이 과거에 해주었던 음식을 해달라고 할 줄 알았다. 하지만 그녀는 기억 속 음식을 원했다.

생각해 보면 민혁도 그런 음식이 있다. 돌아가신 할머니는 민혁이 올 때마다 가래떡을 구워주시고 거기에 꿀을 발라줬다. 바삭바삭한 가래떡이 꿀과 만나면 정말이지 맛있었다.

그리고 할머니는 가래떡을 먹고 나면 과일을 가져오시고 과일을 먹으면 밤을 쪄오고, 밤을 먹으면 다시 떡을 가져오셨다.

'할머니, 저 배불러요!'

'내 새끼 잘 먹으니까 더 먹어야지.'

그렇게 할머니 집에 갈 때마다 풍족하게 먹곤 했다. 그런 추억일 것이다.

거기에 보상 목록에 있는 것. 바로 고대의 요리 재료였다. 그것이 뭔지는 모르지만, 민혁은 분명히 '맛있는 것'일 거라고 생각했다.

"우럭회. 제가 맛있게 해드리겠습니다."

"우럭 매운탕도 잊지 말럼."

"그건 당연히 빼놓을 수 없죠. 흐흐흐!"

엘레는 빙그레 웃었다. 그러면서도 몸을 일으켰다.

"이제 가자."

"어디요?"

"내 검술을 배워야지."

"아하, 맞다. 검술 배워야지, 차암. 아~ 정말 열심히 해야겠다~"

민혁은 크게 감흥 없는 목소리로 몸을 일으켰다.

엘레는 고개를 갸웃했다.

"벼, 별로 안 기쁘더냐?"

"기쁩니다, 너무 기뻐서 우럭우럭 해요!"

"……."

엘레는 말문을 잃었다.

'정말 온통 먹을 것밖에 없는 것인가.'

보통 이방인들은 자신의 검술을 배우고 싶다고 난리였다. 얼마 전 어떤 이는 자신의 행차 때 검술 배우고 싶다고 소리 질렀다가 징역 10년 형을 받고 수감되지 않았던가.

하지만 민혁은 오로지 먹을 것에만 관심이 있는 것 같았다.

엘레는 그에 기발한 생각이 났다.

"내가 말하는 부분에 도달할 때마다 특별 재료실에서 식재료 창고를 이용할 기회를 한 번씩 주마."

"……빨리 가시죠!"

민혁의 발걸음이 빨라졌다.

이윽고 엘레와 민혁은 수련장에 도착했다.

"보면 알겠지만 파란 목각 인형과 하얀 목각 인형이 있다."

"네!"

민혁은 의욕이 충만한 표정이었다.

엘레는 자신의 조련(?)이 성공했다는 걸 알았다.

"파란 목각 인형은 대미지에 따라 곧바로 파괴될 수 있다. 하지만 하얀 목각 인형은 다르지. 하얀 목각 인형을 가격해 보겠느냐?"

엘레는 한편에 비스듬히 세워져 있는 목검을 던졌다. 허공에서 낚아채 잡은 민혁은 힘껏 목각 인형을 후려쳤다.

'황실 식재료! 먹는다!'

퍼지익!

그와 함께 알림이 울렸다.

[수련의 목각 인형을 타격합니다.]
[파괴까지 499/500회 남았습니다.]

"오?"

독특한 목각 인형이었다. 대미지로 파괴하는 게 아닌 타격 횟수로 파괴하는 인형이었다.

"이 목각 인형은 오로지 이필립스 제국에만 있는 목각 인형이다. 타격을 하고 파괴할 때마다 원하는 보너스 포인트가 주어지지. 또 이는 기존에 보너스 포인트로 올릴 수 없는 스텟까지 올릴 수 있다."

"그, 그럼 손재주 스텟도 올릴 수 있나요?"

엘레는 고개를 끄덕였다.

"정말 특별한 스텟이 아니라면 가능하다. 이는 널 위한 나의 선물이다."

엘레는 빙그레 웃었다.

엘레가 검술 수련을 직접 가르쳐 주지 않았다면 민혁은 애초에 이 목각 인형 앞에 당도하지 못했을 것이다.

설명을 들은 민혁은 생각했다.

'세 번 빠르게 베기 같은 스킬이나, 헤이스트를 사용해서 하면 더 빨리 타격할 수 있어.'

하지만 그 속마음을 읽은 엘레가 말했다.

"애석하게도 스킬을 사용해서는 올릴 수 없다. 수련의 목각 인형을 순수하게 가격해야지만 하지. 그리고 반복 타격을 많이 하면 네가 처음 아테네에 왔을 때 허수아비를 치던 것처럼 다양한 스텟이 올라가기도 하지."

"그렇군요."

"이번엔 파란 목각 인형을 가격해 보거라. 스킬이든 뭐든 사용해도 좋으니 가장 강력한 힘을 내서."

그 말에 민혁은 가장 강력한 힘을 내기 위해 준비했다.

[바르디 검술]
[10분 동안 5대 스텟이 20 상승합니다.]
[급소 찌르기]
[성공할 시 공격력 28%가 추가됩니다.]

파란 목각 인형의 몸 곳곳에 급소들이 보였다. 민혁은 온 힘을 다해 그 급소를 찔렀다.

퍼지익!

하지만 경쾌한 소리와 다르게 파란 목각 인형은 미동도 없었다.

엘레는 한 걸음 앞으로 나갔다.

"이제 보여주도록 하마. 엘레의 검술 1장은 조금 전 네가 하였던 것처럼 찌르는 동작이다. 1장, 분노하는 검."

그녀의 목검에 붉은 기운이 넘실거리며 맺혔다. 검을 쥔 자세부터가 달랐다. 그저 서서 검을 쥐고 힘을 불어넣었을 뿐인데, 기품이 넘쳐 흘렀다.

그녀가 조금 전 민혁이 찔렀던 파란 목각 인형을 힘 있게 찔렀다. 그 순간 허공을 찢어발기는 소리가 조용한 수련실 안에 가득 찼다.

쐐에에에엑!

콰지이익!

그리고 목각 인형의 가슴을 정확하게 파고들었다. 목각 인형은 그대로 산산조각이 나서 파괴되어 버렸다.

콰아앙!

하지만 거기서 끝이 아니었다. 바로 뒤쪽의 파란 목각 인형 두 개가 그녀의 검에서 뻗어 나간 힘에 의해 연이어 박살 났다.

콰아아앙!

후두두둑-

그 잔재들이 허공에 흩날렸다.

5장
바약으로 만든 부대찌개

"후."

엘레는 가볍게 숨을 뱉어내며 목검을 갈무리했다.

"와……."

민혁은 작은 감탄사를 뱉었다.

항상 음식에만 정신이 팔려 있던 그조차도 놀랄 정도의 엄청난 파괴력이었다.

"너에게 동작을 가르쳐 주겠어. 총 네 가지 동작으로 이루어져 있다."

"예!"

"그 동작들을 반복하여, 목각 인형을 타격해라. 기간은 딱 일주일을 주도록 하겠다."

"알겠습니다."

엘레는 이어서 여러 가지 동작을 알려주었다. 찌르기, 무차별적으로 휘두르기, 한 걸음 빠르게 물러나기, 위에서 아래로 베기.

보통 NPC들이 가르쳐 주는 수련은 이토록 단조로운 편이다. 그 단조로움에 유저들이 더 편하게 익힐 수 있을 테니까.

[엘레의 검술의 기초를 익히셨습니다.]
[반복하여 엘레의 검술을 수련하여 주시기 바랍니다.]
[보이지 않는 수련도가 생성됩니다.]
[일주일 동안만 보이지 않는 수련도가 올라갑니다.]

"보이지 않는 수련도는 뭔가요?"

"정해지지 않았다는 의미지."

"정해지지 않았다?"

"네가 얼마만큼 노력하느냐에 따라 달라지겠지."

"아하."

엘레는 짧게 얼버무렸다. 하지만 민혁은 이해할 수 있었다. 얼마나 본인이 노력했는지에 따라 일주일 후에 엘레의 검술이 발휘할 위력이 달라진다는 의미였다.

"아무튼 고생하거라. 두 개를 파괴할 때마다 식재료 하나씩을 주마. 딱 하나씩이다. 더는 안 돼."

"넵!"

엘레가 밖으로 나섰다. 그리고 이어 민혁은 그 자리에 주저 앉았다. 그리고 아테네 공식 홈페이지에 검색을 시작했다.

'이필립스 제국 황궁 먹거리.'

그렇게 검색하자 연관 검색어가 떠올랐다.

[님들, 저 이필립스 제국 황궁 조리사로 취직했는데, 히든 클래스 얻음여 ㅇㅇ '까기의 달인' 양파 개 잘 깜. 1분에 다섯 개씩 깝니다.]

gsdfad13: ㅋㅋㅋㅋㅋㅋㅋㅋㅋㅋ ㅁㅊ 게임 안에서 양파 까는 거 실화냐?

짱구는목말라: 인생……. 게임 안에서도 노가다를…….

요리왕흑룡: 그래도 나름 괜춘해요. 여기서 별의별 거 다 먹어봄. 여기 밥 존맛 ㅠㅠ

장금이: 엘레한테 '양파 맛이 나는데 왜 양파 맛이 나냐고 물으면 어떻게 대답해야 합니까?'라고 물어보셈ㅋㅋㅋㅋ

미식가: 오, 그래도 맛있는 거 많이 드셨으니 할 만할 듯? 뭐가 젤 맛남요?

요리왕흑룡: 햄이요. 엘레가 스팸 좋아하는데, 그래서 그런지 여기 햄 진짜 맛있어요. 그리고 여기 있는 햄들 전부 C급 재료임. ㅇㅇ 물론 저는 그 햄들 자주 먹을 수 있는 건 아니지만.

장금이: 구라 즐. 무슨 황제가 스팸을 먹음?

"오호. 햄!"

스팸에 이은 일반적인 햄! 그에 민혁은 한 가지 음식이 떠올랐다.

"부, 부대찌개……!"

햄과 김치, 만두, 라면 사리 등을 넣고 부글부글 끓인 부대찌개는 남녀노소 안 좋아하는 사람이 없을 정도의 음식이었다. 그렇게 민혁은 무엇을 먹을지 결정했다.

목표를 정한 민혁은 하얀 목각 인형 앞에 섰다. 검을 꽉 쥔 그가 힘 있게 목각 인형을 내려치기 시작했다.

콰학! 콰학!

'부대찌개……! 먹는다……!'

콰학! 콰학!

민혁은 엘레가 실수한 것이라고 생각했다.

재료로 유혹한다? 민혁은 그 기대에 부응하고, 더 나아가서 부대찌개에 넣을 수 있는 모든 걸 얻을 것이었다.

민혁은 쉬지 않고 목각 인형을 반복 타격했다. 1시간이 지나자 허리가 아파져 오고 손목이 저릿저릿했다. 땀이 비 오듯 흐르며 당장 쉬고 싶은 욕구가 차올랐다. 하지만 민혁은 참아냈다.

'부대찌개의 라면 사리를 건져 먹으면 짱 맛있지!'

콰학! 콰학!

2시간째. 허리는 끊어질 듯 아프고, 손목은 이제 감각조차 느껴지지 않았다. 하지만 그럼에도 목각 인형은 조금의 생채기도 없었다.

‘그 얼큰한 국물을 떠먹으면 둘이 먹다가 하나가 죽어도 몰라!’

퐈학! 퐈학!

3시간째. 온몸이 땀으로 흠뻑 젖었다. 서 있기도 힘들 정도로 온몸이 부들부들 떨려왔다. 하지만 그는 인내했다. 고생 끝에 맛있는 걸 먹는 법. 민혁은 항상 그 말을 잊지 않았다.

현실에서는 어떤 노력을 해도 맛있는 걸 먹을 수 없었다. 하지만 이곳에선 가능했다. 그 때문에 휘두른다. 무너지지 않는다. 그러기에는 그의 먹고자 하는 의지가 정말이지 강했다.

퐈학! 퐈학!

그렇게 3시간 반 정도가 되었을 때.

콰지익!

하얀색 목각 인형 하나가 부서졌다.

[특별한 포인트 1을 획득합니다.]

[보너스 포인트로 올릴 수 없는 스텟도 투자 가능한 특별한 포인트입니다.]

“오호!”

민혁은 망설이지 않고 곧바로 손재주에 포인트를 투자했다. 그리고 딱 5분만 쉬고 계속 타격했다. 그렇게 계속 타격하던 때였다.

[힘 1을 획득합니다.]
[민첩 1을 획득합니다.]
[의지 1을 획득합니다.]

"오…… 의지!"

민혁은 농사의 던전 안에서 의지를 8 정도까지 올렸다. 의지
는 일반 스텟과는 확연히 달랐다. 그 때문에 1이 올라도 크게
와닿았다. 사실 민혁은 몰랐지만, 의지 스텟이 쓰러지려는 그
를 더욱더 잡아주고 있었다. 민혁은 스텟 증가에 힘입어 더욱
더 열심히, 힘껏 목검을 휘둘러 목각 인형을 가격했다.

콰직!

삼 일 후. 엘레는 수련장으로 향했다.

바쁜 일이 있어 수련장에 가보지 못한 그녀였다.

"하루에 두 개 정도면 많이 파괴했겠어."

하루에 두 개 정도만 파괴해도 엘레의 검술은 일주일이면
보이지 않는 수련도가 꽤 쌓여 이방인들 수준에서 만족할 만
한 힘을 낼 것이다.

사실 그녀가 보았을 때 하루에 두 개를 파괴하는 것도 힘들

다. 목각 인형을 타격하는 건 지루한 일이다. 특별한 포인트? 500번을 타격해야 하나 얻는다. 그만큼 지루한 막노동이 있을까! 거기에 더해져 정말 힘들다. 아무도 없는 수련장 안에서 목각 인형만 두들긴다는 것만큼 힘든 일이 있을까?

수련장의 문을 열고 들어간 엘레. 그녀는 곧 볼 수 있었다.

"분노하는 검."

민혁의 검에 붉은 기운이 넘실거리며 맺혔다. 그리고 그가 파란 목각 인형을 힘껏 찌른 순간.

퍼지익!

파란 목각 인형에 민혁의 목검이 깊게 틀어박혔다.

"……이, 이럴 수가."

엘레의 눈이 화등잔만 하게 커졌다.

민혁은 자신을 보며 놀란 표정을 짓는 엘레를 보고 의아한 표정을 지었다. 그는 엘레의 검술의 동작 네 가지를 익힌 후에 곧바로 사용할 수 있음을 알 수 있었다.

첫날에 사용해 보자 이런 알림이 떴다.

[분노하는 검]

그 밑으로 평소에 표기되던 퍼센티지가 뜨질 않았고, 분노하는 검에 의해 타격당한 목각 인형은 조금 흔들릴 뿐이었다.

　민혁은 목각 인형을 파괴할 때마다 스킬을 사용해 봤다. 갈수록 목각 인형이 받는 대미지가 커지고 있었다. 즉, 수련도가 오르면서 스킬이 성장하고 있음을 보여주는 것이다.

　그리고 바로 오늘. 목각 인형을 부수진 못했지만, 목검이 박히게 하는 데 성공한 것이다.

　"오셨어요?"

　민혁은 흐르는 땀방울을 닦아내며 말했다.

　엘레는 주변을 둘러보았다.

　"……."

　그녀는 말문을 잃었다. 총 열여섯 개의 목각 인형이 파괴되어 있었다.

　"어, 어떻게 이런 일이."

　엘레조차도 경악할 수밖에 없었다. 빠르면 5시간에 한 개를 파괴할 수 있을 것이다. 1시간에 70번 정도를 타격하고 1시간 정도 쉬어준다면 말이다. 한데, 그걸 꾸준히 하는 게 가능할까? 사람이 하루 동안 그렇게 하기란 쉽지 않은 일이라는 거다. 한데, 열여덟 개다. 즉, 하루에 여섯 개씩을 파괴했다는, 민혁이 최소한의 시간을 제외하고 목각 인형만 가격했다는 말이 된다.

　그녀는 알 수 있었다.

"열여섯 개 파괴했으니까, 여덟 개의 재료입니다. 흐흐흐!"

그것이 순전히 먹기 위해서 한 노력이었음을.

그녀는 민혁의 손에 들려 있는 목검을 보았다. 그 목검이 붉게 물들어 있었다.

'세상에⋯⋯.'

너무나도 현실적인 아테네의 구현 덕분에 엘레도 알 수 있었다. 손바닥이 까져서 피가 흐르고 목검에 피가 배었겠지.

이방인들은 미미하지만, 자연 치유력이라는 것을 가지고 있다. 그 자연 치유력이면 손바닥 정도는 금방 치료한다. 그 말은 민혁이 자연 치유력으로도 따라올 수 없을 정도로 목검을 휘둘렀다는 의미다.

그녀는 엄청나게 놀랐다. 하지만 크게 내색하지 않고 말했다.

"이럴 수가, 이렇게 난장판을 만들어놓다니. 치우면서 해야지. 이 너저분한 것 좀 보렴!"

칭찬은 사람을 느슨하게 만드는 녀석이다. 그에 민혁은 깜짝 놀란 표정을 지었다.

"흐억! 제가 다 치울 테니, 재료만은 꼭 줘야 해요!"

그 말에 엘레는 속으로 작게 웃었다.

'랜⋯⋯. 당신이 왜 이 사람을 선택했는지 알 것 같아요.'

어째서 그가 엘레의 식칼을 가졌는지 알 것만 같았다.

사실 그가 조금 독특한 이방인이라는 사실은 알았다. 먹을 것을 좋아하고, 그 먹을 것이 무엇보다 중요한.

하지만 이렇게 노력하는 사람이라는 건 이제야 알았다.

'여러 가지를 배웠는데도 강한 이유가 있었구나.'

그녀는 고개를 끄덕였다.

'충분히 가능하다.'

비록 4장의, 반쪽짜리 엘레의 검술이었지만, 그 반쪽짜리 검술로도 민혁은 최고의 힘을 끌어낼 수 있을 것이라는 직감이 들었다.

엘레가 빙긋 웃었다. 그녀는 계속 민혁과 더 가까워지고 싶었다. 남들이 들으면 놀라워할 이야기였다.

개발팀 이석훈 팀장. 그는 아테네에 접속했다.

게임 팀장인 그가 아테네에 접속한 이유는 간단했다. 바로, 앞으로 아테네의 업데이트 준비를 하기 위함이다. 운영자들은 업데이트를 진행하기 위해 아테네에서 영향력 있는 NPC들을 만나고 자연스럽게 앞으로 어떻게 하라고 지시한다. 그리고 그들은 아테네의 신의 사자로 불리기 때문에 모든 NPC가 그들을 호의적으로 대하거나 경배하는 편이다.

'북부 대륙 오픈을 위해서는 엘레의 도움이 필요하지.'

그 때문에 그는 엘레를 만나기 위해 이필립스 제국 황궁에 도착했다. 황궁 앞에 도착하자 기사단장이 그를 맞이해 주었다. 그의 뒤를 따라 걷는 이석훈은 생각했다.

'민혁 유저도 황궁에 있다던데.'

무엇을 하고 있을지는 모르겠다. 특별 유저팀에서 알겠지.

'아, 엘레는 너무 딱딱하단 말이야.'

개발팀과 아테네의 신이 합작하여 만들었지만, 석훈이 봤을 때 그녀는 차가워도 너무 차가웠다. 본인조차도 엘레에게는 범접하기 힘들었다. 사자고 뭐고 그녀는 감정이 상하면 단칼에 칠 것 같은 여인이었으니까.

그렇게 걸음을 옮긴 석훈은 곧이어 문이 열리는 걸 볼 수 있었다.

"잘 지냈습니까?"

엘레는 고개를 끄덕였다.

곧이어 석훈은 그녀에게 아테네의 신이 지시한 사항이 적힌 양피지를 건네주었다. NPC들은 이 양피지에 적힌 대로 이행한다. 아테네의 신은 절대적이니까.

모두 읽은 엘레는 고개를 주억였다.

이석훈은 설명했다.

"북부 대륙의 개척은 아테네의 신께서 사자인 저희를 통해 계속 당부했습니다. 그리고, 그 앞을 몬스터들이 막고 있어 이 필립스 제국에서 병력 2만을 보내 지원할 것을 원하셨습니다."

엘레는 고개를 끄덕였다.

바로 그때, 문이 열리며 한 청년이 뛰어 들어왔다.

"엘레 누나!"

'누, 누나라고? 컥!'

이석훈은 기겁할 수밖에 없었다. 황제인 엘레에게 누나라니? 누나라니! 차라리 아줌마라고 하던가.

'어떤 미친놈인지 모르겠지만 감옥행이겠군.'

그런 생각을 하며 석훈은 고개를 돌렸다. 그곳엔 엘레를 향해 뛰어오는 익숙한 유저가 있었다. 바로 민혁이었다.

"컥?"

그는 두 번째 신음성을 입 밖으로 토했다.

"……왜 그러지?"

"아, 아닙니다."

이석훈은 서둘러 고개를 저었다.

그는 민혁 유저를 보았다.

'저 유저는 도대체가……'

어떻게 되어 먹은 유저인지 모르겠다. 하지만 곧 저 유저가 아주아주 큰 봉변을 당하게 될 것이라고 생각했다.

그렇지만 그의 생각은 큰 오산이었다.

"오늘이 마지막 날인 거 아시죠? 화장실 가기 전에 들렀습니다."

"그래, 금방 가도록 하마."

엘레는 민혁을 흐뭇한 미소로 보고 있었다. 흔히 말하는 엄마 미소!

'뭐, 뭐야?'

석훈은 이 상황을 이해할 수가 없었다. 민혁은 황제를 옆집 누나 부르듯 친근하고 대했고, 그를 대하는 엘레 역시 유저이 아닌, 동생이나 자식을 보는 듯한 흐뭇한 미소였다.

'아, 아니, 엘레 당신 황제잖아!'

누나라니, 누나라니! 이석훈은 이마에 손을 짚어버렸다.

"전 다시 수련하러 갑니다."

"그래."

민혁이 서둘러 밖으로 나갔다. 그를 따라 이석훈도 나왔다. 그가 나왔을 땐 이미 민혁이 사라지고 난 뒤였다. 이석훈은 한숨을 푹 쉬었다.

다시 수련장으로 돌아온 민혁은 반복해서 목검을 휘두르기 시작했다. 오늘이 바로 일주일째가 되는 수련의 마지막 날이었다.

"드디어 오늘!"

퍼직!

"먹는다!"

퍼직!

"부대찌개!"

민혁의 목검은 흥에 겨워 움직였다.

퍼직!

콰자아아악!

[특별한 포인트 1을 획득합니다.]

[보너스 포인트로 올릴 수 없는 스텟도 투자 가능한 특별한 포인트입니다.]

또다시 목각 인형이 부서졌다. 민혁은 이번에도 손재주 스텟에 투자했다. 어느덧 손재주 스텟은 360이 넘을 정도로 부쩍 상승해 있었다.

민혁이 흡족해하고 있을 때였다.

[엘레의 검술을 수련한 지 일주일이 되었습니다.]

[보이지 않는 수련도가 100% 그 이상을 달성합니다.]

[엘레의 검술을 완벽하게 익히셨습니다.]

[수련도에 따라 엘레의 검술이 한층 더 강력해집니다.]

[엘레의 검술을 익힙니다.]

'호오.'

특별한 보상이었다. 민혁이 정해져 있는 한계를 딛고 넘었기에 가능한 일이었다. 그는 곧바로 엘레의 검술을 확인해 봤다.

(엘레의 검술)

엑티브 스킬

등급: 에픽 / 레벨: 1Lv 숙련도: 0%

소요 마력: 장에 따라 달라진다.

쿨타임: 장에 따라 달라진다.

효과:

- 1장 분노하는 검
- 2장 난무하는 검
- 3장 엘레의 검
- 4장 스텝

스킬 형태는 바르디 검술과 크게 달라진 게 없었다.
민혁은 이어서 각 장을 확인해 봤다.

(분노하는 검)

엑티브 스킬

검술 종류: 엘레의 검술

소요 마력: 180 / 쿨타임: 2분

효과:

- 강한 찌르기에 추가 공격력+50%
- 급소를 찌를 시 추가 공격력+30%

(난무하는 검)

엑티브 스킬

소요 마력: 300 / 쿨타임: 2분

효과:

• 5초 동안 무차별적인 검의 난무로써 빠르게 베어내며 추가
공격력+30%

(엘레의 검술)

엑티브 스킬

검술 종류: 엘레의 검술

소요 마력: 400 / 쿨타임: 30분

효과:

• 시전 시간인 5분 동안 모든 스텟+15%

• 회피율+30%

• 치명타율+30%

(스텝)

패시브 스킬

검술 종류: 엘레의 검술

소요 마력: 없음 / 쿨타임: 3초

효과:

•1m 거리를 빠르게 좁히거나 물러설 수 있다.

"오호."

꽤 흡족한 스킬이라는 생각이 들었다.

일단 모든 스킬이 마스터 레벨인 바르디 검술보다 압도적으로 뛰어났기에 민혁이 보기에도 얼마나 대단한지 보였다. 더군다나, 엘레의 검술도 레벨업이 가능했다. 그 의미는 앞으로 더 강해질 거라는 의미.

하지만 이 스킬들에도 한 가지 걸리는 게 있었다.

'MP 소모량이······.'

생각보다 엄청나다. 강력한 스킬인 만큼 바르디 검술의 족히 7~10배 가까이 되는 MP를 집어삼킨다.

민혁은 그러다가 아차 했다.

'내겐 그게 있었지!'

얻었을 땐 맛있는 게 아니기에 그러려니 했었지만, 자신에겐 그게 있다. 바로 '미노타우르스의 뼈 목걸이'. 착용하는 순간 MP량을 1,000 올려주는 목걸이. 그뿐만이 아니었다. MP 자연 회복량 자체가 두배 상승하는 효과도 있지 않던가. 엘레의 검술을 사용할 때 꽤 큰 도움이 되어줄 터였다.

그때 문이 열리며 엘레가 들어왔다.

"다 익혔나 보구나."

"네, 다 익혔습니다! 흐흐, 이제 재료들을 주시지요. 여기

목록입니다."

민혁은 기다렸다는 듯이 미리 적어놓았던 재료 목록을 엘레에게 건네줬다. 엘레는 바깥의 신하에게 그 목록을 건네준 다음에 다시 안으로 들어왔다.

"한번 보고 싶구나."

"넵!"

민혁은 흔쾌히 고개를 끄덕였다. 그리고 파란 목각 인형 앞으로 다가갔다.

민혁은 스킬을 펼쳤다. 가장 먼저 분노하는 검. 그의 검에 붉은 기운이 맺혀 넘실거렸다.

[분노하는 검]
[강한 찌르기에 공격력 50%가 추가되며 급소 찌르기에 성공할 시 총 80%의 힘을 더 냅니다.]

기존에 바르디 검술이 가지고 있던 '급소 찌르기'처럼 급소가 보이지 않았다. 하지만 이 스킬은 분명 더 뛰어나다. 유저 스스로 급소를 찾아내거나 혹은 우연히 급소를 타격하는 데 성공하면 50%에 추가 30%의 대미지가 붙는다는 건 결코 무시할 수 없는 수준이었다.

결정적으로 민혁은 목각 인형을 물리도록 가격해 봤다. 어디를 가격했을 때 크게 흔들렸는지, 어디를 가격해야 자신이

3

좀 더 수월했는지 기억했다. 그의 검이 있는 힘을 다해 파란 목각 인형을 찔렀다.

푸화아아앗!

공기가 찢어지며 거센 파공음이 수련장에 진동했다. 엘레의 눈이 이채를 머금었다.

'역시……! 완성도를 넘어섰어!'

그녀의 생각이 끝나는 찰나. 민혁의 목검이 파란 목각 인형과 만났다.

콰아아아아앙!

목각 인형과 검이 마주한 순간, 놀랍게도 목각 인형이 그 상태에서 그대로 산산조각이 나버렸다.

콰지이익!

후두두둑-

그 잔해가 주변에 떨어져 내렸다. 엘레처럼 그 뒤까지 후폭풍이 나가진 않았지만 어마어마한 위력이 분명했다. 거기서 끝이 아니었다.

'3장 엘레의 검술'

[엘레의 검술]
[5분 동안 모든 스텟이 15% 상승합니다.]
[회피율이 30% 상승합니다.]
[치명타율이 30% 상승합니다.]

민혁의 몸에서 뿜어져 나간 붉은 기류가 넘실넘실 춤을 춘다. 거기서 끝이 아니었다.

[난무하는 검]
[5초 동안 무차별적인 검의 난무에 30%의 추가 대미지가 붙습니다.]

민혁은 주변에 몰려 있는 파란 목각 인형 사이로 빠르게 뛰어들었다. 그리고 민혁의 검이 움직였다.

수화아아! 수화아아악!

민혁의 검이 잔상을 남길 정도로 빠르게 움직인다. 일초에 거의 네 번 이상을 베어낼 정도의 엄청난 빠르기의 속도!

수화와아악! 수화아아악!

곧이어 스킬 시전 시간이 끝났을 때.

후두둑- 후두두두둑-

주변에 있던 목각 인형 전부가 조각조각으로 잘려 나가 바닥에 떨어지기 시작했다.

난무하는 검은 주변에 적들이 몰려 있을 때 쓰면 유용하다는 걸 알 수 있었다.

스킬을 레벨업 해서 대미지가 상승한다면?

'장난 아니겠는데?'

그런 생각을 하다가 마지막 남은 스킬을 사용해 봤다.

[스텝]
[1m 거리를 빠르게 이동합니다.]

타앗!

민혁이 뒤쪽으로 이동한다고 생각하자 누군가 끌어당긴 것같이 빠른 속도로 한 걸음 물러나졌다. 그 이동 속도가 평소보다 약 3배는 빠를 정도. 평범해 보이는 스킬이지만 아니었다.

'당장 위험할 때 사용한다면?'

몬스터가 공격을 가할 때, 허용하기 전에 사용하면 바로 몸을 빼낼 수 있다. 또는 몬스터에게 빠르게 접근할 때 사용할 때도 유용할 거다.

"어때, 마음에 드니?"

"네, 마음에 들어요!"

처음 엘레의 검술을 배우기 전엔 그런 스킬이 있나 보다 하는 생각을 하며 배우러 왔던 민혁마저도 흡족해할 정도로 괜찮은 능력이었다.

그렇게 대답하며 몸을 돌렸을 때, 민혁은 엘레가 손에 쥐고 있는 무언가를 볼 수 있었다. 그것은 유리병에 담겨서 출렁이는 투명한 액체였다. 그 투명한 액체가 미약한 빛을 흩뿌리고 있었다.

엘레는 그것을 민혁에게 내밀며 부드럽게 웃었다.

박민규 팀장과 이민화 신입 사원이 구내식당에서 밥을 먹고 있을 때였다. 개발팀장 이석훈이 그들 앞에 앉더니 크게 한숨을 쉬었다.

"하……. 나 박 팀장이 왜 그렇게 민혁 유저 때문에 힘들어하는지 알겠다."

"……무슨 소리야, 그건?"

그는 의아한 표정을 지었다.

특별 유저 관리팀이라고 해서 매일 한 유저를 보는 게 아니었기에 이민화와 박 팀장은 아직 무슨 일이 벌어졌는지 확인 못 했다. 단지, 엘레와 친밀도를 쌓고 놀라운 속도로 검술 수련을 하고 있다는 것만 알았다.

곧이어 이석훈 팀장이 황궁에서 있었던 일을 설명해 줬다. 그에 박 팀장이 벌떡 하고 몸을 일으켜 그의 어깨에 손을 올렸다.

"내가…… 내가 왜 그렇게 그 유저 이야기할 때마다 힘들어하는지 이제 알겠지?"

"……이해한다. 아, 난 그거 수습 어떻게 한다냐. 아니, 무슨 황제를 누나라고 불러."

이석훈 팀장은 박 팀장의 손을 툭툭 두들겨 줬다.

식사를 끝낸 그들이 함께 몸을 일으켜 특별 유저 관리팀으로 향했다.

"커피나 한잔하자고. 그 유저 이야기 좀 더 하자."

그렇게 말하며 특별 유저 관리팀으로 들어갔다. 이민화는 민혁 유저의 말이 나온 김에 그의 모니터 화면을 켜봤다. 그러다가 눈을 휘둥그레 뜨고 외쳤다.

"바, 박 팀장님."

"왜? 또 설마 민혁 유저가 뭐 대단한 거라도 해냈어?"

"또 무슨 일 터졌나 보네~"

그들은 농담으로 던지는 말이었다.

하지만 곧이어 이민화가 고개를 끄덕였다.

"네……."

"뭣?"

"헙!"

이 팀장과 박 팀장이 동시에 빠르게 모니터로 시선을 옮겼다. 그곳에 떠오른 내용.

[검의 대제 엘레가 민혁 유저에게 제국의 비약을 선물합니다.]

"……!"

"……!"

제국의 비약. 그걸 확인한 박 팀장과 이 팀장의 시선이 허공에서 마주쳤다.

"비, 비약이라니……."

"하하하……."

두 사람은 허탈한 표정을 지으며 웃을 수밖에 없었다.

제국의 비약. 단 한 명의 유저에게만 줄 수 있는 황제가 내리는 포상! 하지만 이는 본래 이런 방식으로 얻을 수 있는 게 아니었다. 먼저 '제국의 비약' 연계 퀘스트를 받고 차근차근 진행해야 받을 수 있다.

더군다나, 제국의 비약은 추후 시간이 훨씬 더 지나서 풀릴 거라고 예상하고 있던 중이었다. 제국의 비약을 건네주었다는 것은 황제가 그를 인정하고 친구로서 대하겠다는 의미였다. 또한, 그를 통해 이필립스 제국 관련 퀘스트를 다양하게 받을 수 있을지도 몰랐다.

"이렇게 국내에 있는 명약 중 하나가 풀리는군."

명약.

운영자들이 혼신을 기울여 만들어낸 섭취형 아이템. 명약은 제국의 비약처럼 물일 수도 있으며 그 외의 '천년설삼', '만년하수오', '만드라고라', '오우거의 힘 풀' 등 다양했다. 확실한 것은 이 명약은 복용하는 순간, 캐릭터 자체가 상당한 효과를 본다는 거다.

3

명약이 아이템보다 값진 이유는 하나였다. 아이템으로 메울 수 없는 캐릭터 자체의 스텟을 강화시켜 주는 역할 또는 추가 대미지나, 마법 방어력 등을 대폭 상승시켜 주기 때문. 그중에서도 제국의 비약은 꽤 특별한 편에 속했다.

이어 박 팀장이 말했다.

"비약 바로 마시려나? 뭐 이상한 짓 하진 않겠지?

두 사람은 설마 하는 표정을 지었다.

[제국의 비약을 얻을 수 있습니다.]

[황궁 내에 위치해 있는 퀘스트 도우미로부터 황궁 관련 퀘스트를 받을 수 있습니다.]

[명성 10을 획득합니다.]

엘레는 부드럽게 웃고 있었다.

제국의 비약. 황제가 딱 하나만 가지고 있는 특별한 명약이다. 이걸 그녀는 민혁에게 주고 싶었다.

"잘 마실게요!"

그리고 민혁은 그걸 넙죽 받았다. 비약인지 뭔지 모르지만 일단 한 가지 확실한 건 있었다.

'먹을 수 있는 거다!'

그 생각을 아는지 모르는지 엘레는 흐뭇한 미소를 짓고 있었다.

"더 맛있는 거 먹고 다니려면 몸이 튼튼해야지."

"맞아요."

그녀는 이 민혁이란 이방인의 앞길에 도움을 주고 싶었다. 민혁이 자신에게 도움을 주었던 것처럼.

도움을 주었다? 우스운 말이다. 그는 그저 그녀를 웃게 하고 친근하게 다가왔고 노력하는 모습으로 놀라게 했을 뿐이다. 하지만 그런 면모들이, 엘레에게는 크게 와닿았다. 그리고 변변찮은 친구 하나 없는 엘레에게 마음의 안식처가 되어주었다. 황제로서 제국을 지켜야 한다는 사명감에 묶여 살아가는 그녀에게 그는 유일한 '힐링'이 되어주었다.

"확인해 보렴."

"네!"

민혁은 지체하지 않고 열람해 봤다.

(제국의 비약)

재료 등급: 명약

특수 능력:

- 사용자가 필요로 하는 스텟 180 상승

설명: 이필립스 제국의 황제 엘레로부터 하사받을 수 있는 명약 중 하나이다. 마실 시 제국의 비약이 복용자가 원하는 스텟 180개

를 상승시켜 주며 물일 뿐이지만 더 맛있는 특별한 녀석이다.

　독특한 녀석이었다. 필요로 하는 스텟 180개를 제국의 비약
이 인지하여 올려준단다.

　'명약?'

　민혁은 고개를 갸웃했다.

　명약이라는 것은, 사실 그는 처음 접해보는 정보였기 때문
이었다. 그때 때마침 루스가 재료들을 가지고 들어왔다.

　민혁은 문득 이런 생각이 들었다.

　'잠깐……! 비, 비약으로 부대찌개 육수 만들면?'

　더 맛있을 것 같다. 분명하다. 더 맛있을 것이다.

　설명에도 물일 뿐이지만 더 맛있단다. 물인데, 더 맛있다니!
그게 가능할까 하는 생각이 들었지만, 민혁은 서둘러 제국의
비약을 품속에 주섬주섬 챙겼다.

　"왜 바로 마시지 않고?"

　"이따가 목이 마를 때 마시려고요."

　"그렇구나, 떠나는 건 언제쯤 떠나니?"

　"오늘은 하루 쉬고 내일 갈 예정입니다."

　"그래, 방을 하나 내어주도록 하마. 그리고 민혁아."

　그녀는 그의 손을 붙잡았다. 민혁은 흠칫하고 놀랐다. 그러
더니 부드럽게 민혁의 손을 쥔 그녀는 어루만졌다.

　'이 누나가 왜 이래?'

민혁은 고개를 갸웃했다.

'빨리 부대찌개 먹으러 가야 하는데!'

곧이어 엘레가 한 행위는 무척이나 놀라운 일이었다.

그녀는 천천히 고개를 숙여 민혁의 손등에 입을 맞췄다.

그 순간.

[엘레의 키스]

[친구의 낙인이 새겨집니다.]

[언제 어디서든 원할 시 엘레에게 도움을 1회 요청할 수 있습니다.]

"내 도움이 필요할 때, 언제든 네 손등에 새겨진 이 낙인을 문지르거라. 그럼 그 즉시 내가 너를 찾아가겠다."

손등에 새겨진 낙인은 피닉스의 문양이었다. 이어서 엘레는 바쁜 일이 있는 것인지 걸음을 빨리 옮겼다.

민혁은 서둘러 루스가 가져온 커다란 박스를 집어 들었다. 그리고 룰루랄라 루스가 안내해 주는 방으로 향했다.

민혁은 준비된 재료들을 보며 흡족한 미소를 지었다. 먹기 좋게 잘린 스팸과 길쭉이 햄, 잘 다져놓은 돼지고기와 물만두를 비롯해 풍성한 맛을 내줄 치즈. 거기에 쫄깃쫄깃함을 담당할 떡. 그리고 컬컬한 맛을 내주는 잘 익은 김치와 양파.

양념장은 매우 간단하게 만들 수 있다. 고춧가루와 고추장을 적당량 넣고 배합하면 된다.

민혁은 준비된 재료들을 넓적한 전골용 냄비에 담았다. 잘 담긴 녀석들을 보며 흐뭇하게 웃다가 일회용 용기 팩 하나를 뜯었다. 그 용기 팩에는 '진한 사골국'이라고 쓰여 있었다.

이렇듯 사골국으로 육수를 내면 부대찌개는 더 깊고 진한 맛을 내게 된다. 냄비 안으로 사골국을 붓기 전 큰 볼에 사골국을 한 번 부었다.

그리고 대망의 재료! 더 맛있는 물이라는 제국의 비약! 그 마개를 땄다.

퐁!

"캬, 소리 보소!"

민혁은 그 경쾌한 소리에 흐뭇하게 웃으며 사골 육수와 MSG 같은(?) 제국의 비약을 잘 섞어준 후에 양념을 가운데에 올렸다.

그다음 불을 켜고 끓이기 시작했다. 물이 차츰 끓기 시작했을 때, 수저로 국물을 한번 떠먹어 본다.

"후! 후!"

입김을 불어 식힌 후 단숨에 한 입.

"역시 아직 밋밋해."

부대찌개는 끓일수록 더욱더 간이 맞게 되는데, 보통 끓기 시작하면 바로 라면 사리를 넣어주는 게 좋다.

민혁은 라면 사리를 까서 냄비 안에 넣고는 국자로 사리를 꾹꾹 눌러 잠기게 한 뒤에 국물을 조금씩 퍼서 면발에 적셨다. 그렇게 면이 익어갈 때쯤에 젓가락으로 휘휘 저어본다. 잘 익었을 때쯤엔, 역시 그것부터 맛보는 게 최고다.

라면 사리를 들어 올리자 김이 모락모락 피어오른다. 접시 위로 라면 사리를 옮긴 후에 그 상태에서 국자로 붉은 국물을 푼 다음, 햄도 퍼준다. 민혁은 면을 들어 올렸다.

그다음.

"후루루루룹!"

국물이 졸아들면서 면에 부대찌개의 국물 맛이 알맞게 배어들었다. 짭짤하면서도 쫄깃한 면에 기분이 좋아진다.

또다시 면을 먹을 때엔 김치, 햄을 면과 함께 입으로 가져간다.

"후루루루룹!"

짭조름한 햄, 그리고 잘 익혀져 부들부들 씹히는 김치와 라면 사리가 만나 환상의 조합을 자아낸다.

"아, 딱 좋아."

그렇게 감탄하며 불을 제일 약하게 줄인 후에 이번엔 밥을 가득 퍼서 먹어준다. 그리고 접시에 옮겨 담은 국물을 한 입 떠먹어 본다.

치즈의 고소한 풍미. 거기에 얼큰하면서도 햄 맛이 잘 배어 든 육수는 한 입 떠먹는 순간 웃음이 절로 나게 했다.

"캬하!"

거기에 부대찌개를 끓이기 전에 미리 준비해 놓았던 도톰한 계란말이. 이 계란말이는 당연히 황금 알을 낳는 닭으로 했다. 그 도톰한 계란말이를 들어 올려 케첩에 푹 찍어본다. 그다음 입에 가져다 먹으면 달짝지근한 케첩의 맛이 느껴지고 이어서 부드럽고 담백한 계란의 맛이 느껴진다.

"훌륭해, 아주 훌륭해!"

그렇게 민혁의 먹방이 계속됐다.

걸음을 옮기는 엘레는 무척이나 바빠 보였다.

"북부 대륙과 관련해서 브라틴 후작을 만나고 오마. 루스, 자네는 날 대신해 민혁이를 챙겨주고."

"알겠습니다."

곧이어 엘레가 워프진으로 움직였고 사라졌다.

루스는 작게 한숨을 쉬었다.

'아무리 그래도 제국의 비약을 주실 줄이야…….'

제국의 비약은 딱 하나밖에 없는 물건. 다르게는 이필립스 제국을 증명하는 그 자체이기도 하였다. 한데, 그것을 엘레가 민혁에게 줄지는 몰랐다.

　루스는 그게 계속 마음에 걸렸다. 하지만 납득하기로 했다.

　'폐하께서 그렇게 하신 일이니까.'

　그는 그렇게 생각하며 민혁이 있는 방으로 걸음을 옮겼다.

　'수련장에 일주일 동안 계셨으니, 자고 계시려나? 혹시 그럴지도 모르니, 조심스럽게 들어가 봐야지.'

　그가 소리가 나지 않게 문을 열었다. 그리고 이내.

　"……?"

　"……와구?"

　그는 눈을 휘둥그레 떴다. 민혁은 부대찌개와 계란말이를 거의 다 먹어가던 때였다. 루스는 부대찌개 옆에서 뒹굴거리는 제국의 비약이 담겨 있던 병을 발견하고는 눈을 크게 떴다.

　"세상에! 제국의 비약으로 부대찌개를 끓여 먹는 놈이 어딨습니까!"

　납득하자고 했던 마음이 사라지는 루스였다.

　'아니, 이런 미친놈이 있을 수 있을까?'

　"엘레 누나가 줬으니까, 어떻게 해 먹든 제 마음이죠!"

　"아니, 아무리 그래도 말이 안 되잖습니까! 명약은 요리해 먹으면 안 된다는 거 모릅니까?"

　"……그랬어요? 아니, 근데 노크도 없이 들어오시다니, 그리고 저한테 화내는 건가요? 엘레 누나한테 이를 거예요!"

　그에 루스는 빠른 태세 전환을 선보였다.

"아, 아니 제 말은 맛있게 드셨냐는 거지요. 헤헤, 마, 맛있지요? 제국의 비약으로 만든 부대찌개요."

"존맛탱이었어요. 크!"

'이런 부대찌개에 미친놈!'

그러더니, 이내 민혁은 궁금한 게 있다는 듯한 표정으로 말했다.

"안 이를 테니, 한 가지만 물어도 될까요?"

"뭡니까?"

민혁은 슬그머니 그의 하체를 보다가 말했다.

"……많이 아팠어요?"

"크흠!"

루스가 헛기침을 했다.

"요새 때가 어느 때인데요. 요새는 약물을 이용한 화학적 거…… 아니, 이걸 제가 왜 설명하고 있는지 모르겠군요."

그러다 이내 민혁이 몸을 일으켰다. 그의 눈빛은 측은함에 당장 눈물을 쏟을 것처럼 가라앉아 있었다.

"……힘들죠?"

그 눈빛, 그리고 목소리. 그에 루스는 갑자기 슬픔이 밀려왔다. 푹 고개를 숙였다. 당장 팔뚝으로 눈물을 훔칠 것 같은 모습!

"네……."

민혁이 그의 등을 토닥여 주었다. 그것은 '힘내요'였다.

그러다 작게 속삭였다.

"혹시 앉으시나요, 서시나요?"

"……기분 좋을 땐 서서 안 좋을 땐 앉아서요."

"그렇군요."

이제까지 의문이었던(?) 미스테리가 풀렸다.

민혁은 루스가 나간 후, 마지막 남은 한 점의 계란말이를 입에 집어넣었다.

"명약은 요리하면 안 된다?"

그 의미를 민혁은 알지 못하고 있었다.

나가기 전 루스는 어째서 요리하면 안 되는지에 대해서 설명해 주었다.

'명약 자체는 한 사람만을 위한 특별한 음식과 같습니다. 그 때문에 나눠 먹는 것 혹은 명약의 본질이 흐려지는 것을 막기 위해 명약 자체는 요리할 시 효력을 잃게 됩니다.'

물론 그는 그 사실을 알았어도 요리하였을 것이다.

바로 그 순간. 알림이 울렸다.

[제국의 비약으로 만든 부대찌개를 드셨습니다.]

[식신의 위대함]

[명약 페널티를 무시합니다. 단, 이는 여러 명이 효과를 볼 수

없습니다.]

　[명약 요리. 추가 스텟을 획득합니다.]

　[손재주 180, 의지 20을 획득합니다.]

　"오……!"

　민혁은 감탄하고 또 감탄했다. 맛있는 요리, 그것도 명약으로 요리해 먹자 식신의 위대함 효과를 받아서 추가적인 스텟을 획득할 수 있었다.

　알림은 거기서 끝이 아니었다.

　[손재주 스텟 400을 달성합니다. 손재주에 관련한 모든 스킬의 능력이 10% 더 향상됩니다.]

　[손재주 스텟 500을 달성합니다. 손재주에 관련한 모든 스킬의 능력이 10% 더 향상됩니다.]

　[의지 스텟 50을 달성합니다. 패시브 스킬 의지를 익혔습니다.]

　"오호!"

　손재주에 관련한 모든 스킬의 능력이 10% 향상된다. 총합 20% 상승이다.

　민혁이 기분 좋은 이유는 하나였다. 그의 농사 스킬도 영향을 받을 게 분명하니까.

　사실 민혁은 몰랐지만, 그는 다른 유저들보다 훨씬 더 특별한 혜택을 받게 된 것과 다름이 없었다. 그 이유는 민혁이 모든 손재주 관련 스킬을 습득할 수 있었기 때문이었다.

노가다를 통해 달인 요리사가 되었던 랜. 그로 인해 민혁은 남들과 달리 모든 손재주 스킬을 섭렵할 수 있다. 그 모든 스킬이 20%의 상승 효과를 보는 거다.

민혁은 중급 농사를 열람했다. 그는 저번에 엘레를 통해서 얻었던 스킬 포인트 1을 이곳에 투자했다. 식신의 요리 스킬과 같은 것에 투자하지 않은 이유는 식신의 요리 스킬은 일반 스킬 포인트로 투자가 안 되었기 때문.

지난번에 투자했을 때 초급 농사가 중급 농사로 진화하였었다.

(중급 농사)
패시브 스킬
레벨: 1
효과:
- 재료 채집, 캐기 등의 속도가 60+12% 더 빨라진다.
- 30+6% 확률로 더 좋은 재료를 획득할 수 있다.
- 2+0.4% 확률로 특별한 재료를 획득할 수 있다.
- 씨앗을 심어 다양한 것을 키울 수 있다.

"아자!"

확실히 20%씩 추가로 더 좋아졌다. 이런 혜택을 모르고 있었던 민혁이었기에 기분이 더 좋아질 수밖에.

그리고 새롭게 익혔다는 의지 스킬. 민혁은 스텟이 스킬로 변했다는 사실은 처음 접해보는 것이었다.

곧바로 열람해서 확인해 봤다.

(의지)
패시브 스킬
레벨: 1
레벨업 조건: 의지 스텟 50
효과:
 • 무언가를 향한 끊임없는 피나는 노력, 열정, 쓰러지지 않는 의지를 보이고 있을 때, 피로함이 사라지고 정신이 맑아지며 손재주와 연관 있는 모든 것들이 1시간 동안 10%~30% 향상됩니다.
 • 의지 스텟 획득률이 증가합니다.

말 그대로 의지 스텟이 스킬로 변화된 것과 같았다. 스텟으로 표기되어 있었을 때는 두루뭉술한 느낌이었다. 하지만 스킬이 되었으니, 민혁 스스로가 무언가를 향한 집념과 노력을 보이면 분명히 의지 스킬의 힘을 받을 수 있을 것이었다.

민혁은 흡족해하며 모든 스킬창을 종료했다. 그리고 기어가듯 침대로 갔다.

"역시 밥 먹은 후에는 안 치우고 바로 눕는 게 가장 즐거운 법이지!"

맛있는 부대찌개도 먹었고 다른 얻은 게 많았던 황궁에서의 생활이었다. 자리에 누운 민혁은 그 상태에서 아테네 공식 홈페이지를 검색해 봤다.

'바닷가 먹을거리.'

그렇게 검색하자 검색어가 쭈르륵 올라왔다.

[님들, 저 어제 크라켄 잡음. 인증 있음.]

"오?"

크라켄은 레벨 300대의 고레벨 보스 몬스터였다. 상당히 강력한 몬스터로 거대한 문어라고 보면 편하다. 그렇게 생각하자 갑자기 침이 고인 민혁이다.

"츄릅!"

침을 삼키고 난 뒤에 그 글을 클릭해서 확인해 봤다. 이어서 그 유저가 올린 인증글의 낚싯대에 걸린 녀석은 크라켄이 아니라 조그마한 주꾸미였다.

"오, 주꾸미 맛있겠다. 와, 주꾸미 볶음!"

하지만 그런 민혁의 생각과 다르게 밑의 글들은 부정적이었다.

수산 시장아재: ㅋㅋㅋㅋㅋ낚시 레벨 1이신 듯? 그것보다 낚시를 왜 배움? 스킬칸 아깝게.

축구왕강태공: ㅇㅈ. 낚시 솔직히 배울 수 있는 생산직 스킬 중에서 너무 쓰레기임……. 그딴 걸 왜 익힘?

액션콩이: 님들, 근데 낚시 레벨 올라가면 잡은 물고기들 재료 등급 좋지 않아요? 그거 요리사들한테 팔면 쏠쏠하다던데.

축구왕강태공: 제가 본래 낚시 좋아해서 낚시 배워서 직업도 '낚시 왕 강태공'이었는데, 진짜 개별로입니다. 현실에선 물고기 꽤 잡히죠? 여긴 현실에서의 20%도 안 잡힘……. 재료 등급? 20마리 잡아야 C등급 뜰까 말까. 낚시 비추, 진짜 안 좋음.

부정적인 댓글들.

하지만 민혁은 바닷가에서 잡히는 것들을 찾아 보았다. 주꾸미뿐만이 아니라 꽃게도 낚싯대로(?) 잡을 수 있었다. 다양한 어패류를 낚는다는 점에서 민혁은 낚시를 배우기로 했다.

하지만 곧이어 다른 글을 본 민혁은 난관에 봉착했다.

[가장 저렙 사냥터인 바르밀 바다도 레벨 200부터 갈 수 있다.]

"억!"

레벨 200부터 갈 수 있다니? 이게 무슨 소리란 말인가.

더 세세하게 검색해 보기 시작하자 알 수 있었다. 바다에는 육지와는 다른 몬스터들이 즐비한 편이었고 완전히 중수 레벨에 들어선 이들부터 즐길 수 있는 터전 같은 곳이었다. 즉, 현재의 민혁은 갈 수 없었다.

그는 조금 시무룩해졌다가 고개를 저었다.

'어차피 지금은 바라스 왕국에 갈 생각이었으니까.'

황제의 도시 프라셀로 오면서 민혁은 마부인 바란에게 '대장장이 론' 만나기 퀘스트를 받지 않았던가.

바란의 말에 따르면 론은 쉽게 얻기 힘든 특별한 요리 재료를 가지고 있다고 하였다. 그 요리 재료가 궁금하기도 하였으며 바라스 왕국에 위치한 요리사의 탑에서 포인트 교환 또한 해야 했다.

또, 민혁이 알기로 그곳에는 대장장이를 위한 퀘스트, 요리사를 위한 퀘스트, 재봉사를 위한 퀘스트 등 생산직 직업들을 위한 퀘스트가 널렸다고 했다.

민혁은 검색을 통해 한 가지 사실을 더 알 수 있었다.

'요리 퀘스트도 엄청 많아!'

주변의 몬스터를 사냥하면 요리 재료가 떨어지는 것 같은 퀘스트가 상당히 많았다.

물론 확인해 본 결과 대부분 보잘것없는 재료들이었지만, 민혁에겐 그런 것보다 맛있는 요리가 중요했으니까.

"좋았어, 푹 쉬고 내일 바로 간다!"

루스의 설명에 따르면 바라스 왕국은 이필립스 제국과 두

터운 친분을 유지하고 있고, 매우 가까웠기 때문에 황궁에 있는 워프 게이트를 이용해 바라스 왕국으로 바로 갈 수 있다고 하였다.

일반 유저들에겐 개방되지 않는 특별한 워프 게이트! 그것을 민혁은 이용할 수 있게 허락받은 거다.

민혁은 금세 잠에 빠져들기 시작했다.

꿈속에서는 '운수 좋은 날'의 한 장면이 나왔다. 그리고 김첨지의 아내가 설렁탕을 먹지 못했다.

민혁은 잠꼬대로 중얼거렸다.

"음냠……. 그럼 그 설렁탕 제가 먹을게요…… 흠냠……."

꿈속에서 참으로 나쁜 짓을 하고 있는 민혁이었다.

브로니. 그는 호탕하게 웃고 있었다.

"크하하하하, 오늘 한탕 제대로 건졌구만!"

"와, 대박인데요? NPC들하고 유저들 다 하급 상인들이라, 기대 안 했는데."

그의 옆에 있던 일렌이 말했다. 그들은 조금 전에 막 산을 넘어가는 상단 한 곳을 덮쳐서 NPC들과 그 상단에 함께 있는 유저까지 죽인 후에 그들의 모든 것을 약탈한 후였다.

소규모 상단, 그리고 소규모 상단에 있는 초보 상인은 딱 티가 난다. 부릴 수 있는 하급 상인들의 숫자가 한정되어 있었으니까. 그래서 별로 기대하지 않고 습격을 가했는데, 대단히 좋은 것들이 드랍되었다.

"아까 그 유저 생각보다 이름 좀 있는 놈이었나 봐요. 초보인데, 어떻게 이렇게 많은 걸 떨구지?"

"크흐흐, 그딴 게 중요한가? 아까 근데 그놈 뭐라던 거야?"

"내 오른손의 그 녀석이 미쳐 날뛴다……? 라고 했던가."

"미친놈이네."

"예, 그런 것 같아요."

브로니가 머리 옆으로 손가락을 빙글빙글 돌리다가 말했다.

"슬슬 이곳 아멘타 영지는 떠야겠네."

브로니와 그의 동료들. 그들은 하오든 길드의 이들이었다.

하오든 길드는 비매너 길드였다.

빼앗기 위해서 NPC들을 죽이는 짓을 서슴지 않아 하는 것은 기본. 거기에 던전이나 필드의 자리를 잡고 자릿세를 받는 행위 또한 서슴지 않았다.

그들은 이러한 약탈 행위뿐만 아니라 뒤가 구려 대형길드에서 꺼려하는 일들도 대신 의뢰를 받아 처리하고 있었다.

그렇게 한참 웃던 브로니가 미간을 좁혔다.

"아씨, 근데 아까 그 '내 오른손' 또라이, 이상하게 낯이 익단 말이야."

"예?"

"어디서 많이 본 것 같단 말이지."

브로니는 기억을 더듬더듬 떠올려 봤다. 그리고 생각해 냈다.

"아, 그 빌어먹을 새끼랑 닮았네!"

"?"

브로니가 탁하고 손뼉을 치자 옆의 동료 일렌은 고개를 갸웃했다.

'내 흑역사였지.'

하지만 브로니는 어떠한 이인지에 대해서 딱히 말하거나 하진 않았다. 단지 그때의 기억을 떠올렸다.

'중학생 때지, 아마?'

그는 중학생 때도 지금과 별다를 것 없는 사람이었다. 흔히 말하는 노는 사람이었고 학교에서 친구들 돈이나 뜯는 그런 몹쓸 놈이었다. 그렇게 친구들의 돈을 뜯던 때였다.

'3반의 강민혁인가? 그 자식이 갑자기 나하고 친구들에게 옥상으로 따라오라고 노발대발했었지.'

그 민혁이란 녀석은 학생회장까지 하고 있던 거로 기억한다. 공부도 잘했고 얼굴도 잘생겨 그저 흔히 말하는 엄친아인 줄 알았다. 그렇게 스무 명이 올라가고 브로니의 친구들은 민혁을 밟았다. 하지만 정말 놀라운 일은.

'그놈 혼자서 열다섯 명을 때려눕혔지, 아마?'

그렇게 힘겹게 밟고 끝일 줄 알았더니, 다음날부터 2~3명씩 있을 때 습격을 가했다.

그게 3개월가량 이어졌다. 습격을 당하면 우르르 몰려가서 패고, 그러면 또 다음날 민혁이 습격해서 패고를 반복했다.

브로니는 그때 뼈저리게 느꼈다.

'이놈은 건드리면 ×된다. 친구들이랑 같이 제발 그만해 달라고 빌었었는데……'

브로니는 다시 생각해도 아찔하다는 표정을 지었다.

'빌어먹을 새끼. 진짜 별종이었어.'

그 후에 민혁이란 녀석은 반대로 자신들의 돈을 뜯기 시작했다. 사람은 자신이 겪어봐야 안다나 뭐라나.

그리고 더 우스운 일화가 있다. 사실 브로니와 친구들은 그놈도 자신들과 똑같은 놈이라고 생각했다. 결국 그도 돈을 뜯어 자신의 배를 채우려고 한다고 생각한 거다.

하지만 얼마 후 알았다.

'우리 돈을 뜯어서 결식아동을 지원했다지?'

6장
짜 짜파게따~

정말이지 희한한 녀석이었다. 아직 어린 나이에 돈이 생기면 브랜드 패딩을 사거나 혹은 친구들과 놀 거라는 게 일반적인 생각인데, 그는 자신들의 돈을 뜯어서 결식아동을 지원했단다. 참 어처구니가 없었다.

그의 돈 뜯기가 지속되자 계속 이럴 순 없다는 생각에 브로니는 자신의 아버지에게 이 사실을 알렸다.

그의 아버지는 꽤 매출이 나오는 중소기업 사장님이었는데, 아버지는 그날 민혁이란 녀석의 아버지와 통화를 하더니 사색이 되어 말씀하셨다.

'너희들한테 돈 달라고는 안 할 거다. 그렇지만 앞으로 절대. 제발 그 녀석하고 트러블을 만들지 말거라.'

브로니는 고개를 갸웃했다. 아버지는 자존심 강하고 지기 싫어하는 사람이었는데, 그런 아버지가 사색이 되어 말했으니까. 그때 브로니는 물었다.

'도대체 걔 아빠가 뭐 하는 사람인데 그래요?'
'그건 말안 해줬으면 좋겠다고 하더구나. 다시 한번 당부하지만, 그 녀석하고 트러블을 일으키지 마. 트러블이 생기면 감당 못하니까.'

그렇게 말했던 아버지. 그때의 아버지는 긴박해 보였다. 그리고 자신을 크게 혼냈었다. 왜 그런 아이와 마찰을 빚고 다니냐고. 그리고 그때 이후로 4개월 정도 후에 그는 전학을 갔고 그 이후로 감감무소식이었다.

'그놈 아빠 도대체 뭐 하는 사람이었던 거야? 시간도 오래 지났는데, 아빠한테 한번 물어봐야겠다.'

브로니가 추억 회상을 끝냈을 때였다.

그에게 귓속말이 왔다.

[칼드: 하오든 길드의 브로니 맞습니까?]

그의 눈살이 찌푸려졌다. 브로니 님도 아니고, 고라니도 아니고 브로니?

[브로니: ㅇㅇ 맞음, 넌 뭔데 ×새캬.]
[칼드: 아레스 길드의 칼드입니다.]

"……?"

브로니는 멈칫할 수밖에 없었다.

아레스 길드? 국내 4대 길드 중 하나였다. 더군다나, 칼드라는 이름은 한 번쯤 들어본 것 같았다. 그는 가물가물한 기억을 떠올려 봤다.

"칼드, 칼드가 누구더라?"

"칼드요? 대장장이 랭킹 2위 칼드잖아요!"

"……헉!"

하오든 길드의 평균 레벨은 100레벨대 후반이었다. 거기에 길드 마스터인 브로니도 200 정도.

생산직 특성상 칼드라는 유저 또한 레벨이 높은 편은 아니었다. 하지만 그가 어떠한 이름으로 불리던가.

신의 손.

만졌다 하면 레어가 유니크 같은 힘을 낸다고 불리는 이름이었다. 또 얼마 전엔 국내에서 세 번째로 에픽 아티팩트를 제작해 내기도 했다.

하지만 그는 사람들에게 얼굴을 잘 드러내지 않는 걸로 유명했다. 그런 그가 자신에게 귓속말했다는 것은 동명이인인 유저들의 코드까지 알아보는 번거로움을 거쳤다는 것. 즉, 의뢰하겠다는 뜻이다.

[브로니: 아, 그렇군요. 무례는 죄송합니다. 실례지만 칼드 님께서 제게 어쩐 일로……?]
[칼드: 처치하기 곤란한 의뢰를 받는다고 들었습니다.]
[브로니: 예, 맞습니다.]

브로니는 눈을 가늘게 떴다.
대장장이 랭킹 2위 칼드. 더군다나 4대 길드에서도 한자리를 꿰차고 있는 사람이 의뢰를 한다니?
브로니는 빠르게 귓속말을 보냈다.

[브로니: 그 의뢰는 극비입니까?]
[칼드: 눈치가 빠르시군요. 저희 길드에도 정보가 안 돌았으면 합니다.]

자신의 길드에조차도 숨길 만한 더러운 일! NPC 혹은 유저 사냥. 둘 중 하나라는 예감이 왔다.

[브로니: 그렇군요. 보수는 얼마나 주실 수 있나요?]

[칼드: 10억 골드.]

"……!"

브로니의 눈이 크게 떠졌다. 이거 생각보다 심상치 않은 일인 게 분명했다. 이어 칼드가 귓속말을 보내왔다.

[칼드: 바라스 왕국에서 진행될 일입니다.]

하르멜은 요리사의 탑의 포인트 교환소에서 근무하고 있는 여성이었다. 오늘도 길게 늘어선 유저들. 그리고…….

"엑? 2,000포인트로 고작 이것밖에 안 줘요?"

"네. 죄송합니다, 호갱…… 아니, 고객님! 저희도 정해진 규정이라 어쩔 수 없어요!"

"치사하다, 치사해!"

진상 고객은 항상 있게 마련이었다.

포인트에 따라서 얻어갈 수 있는 건 생각보다 적은 편이었다. 관련해서 운영자들이 밝힌 적이 있었는데, 교환되는 포인트 수치가 클수록 그 보상의 폭이 더 좋아진다고 한다. 그 이유는 이 포인트가 6개월마다 소멸하기 때문이다. 즉, 1년이고 2년이고 모아놨다가 교환할 수는 없었다.

그 때문에 많은 포인트를 교환하는 것은, 엄청난 업적을 달성하거나 특별하게 포인트를 얻은 이들만 가능했다. 그리고 많은 포인트를 가져온 이일수록 그만한 혜택을 줬다.

그렇게 유저 한 명을 더 보내고 다음 사내의 차례가 되었다.

'뭐야, 이 사람은?'

그녀는 미간을 좁혔다가 빠르게 폈다.

손에 뭔가를 들고 있는데, 수박 반 통이었다. 자세히 보니 그 안에는 화채가 담겨 있었다. 후르츠 칵테일이 들어 있고 사이다와 우유를 섞은 것인지 하얀색을 띠고 있었다.

사내는 포크로 수박을 콕 찍어서 야무지게 먹으며 말했다.

"안녕하세요!"

"네~ 포인트 동전 좀 주세요."

"포인트 동전이요?"

"네, 탑은 처음이신가 보네요."

포인트 동전을 모르는 유저들은 탑이 처음인 게 보통.

"포인트 동전은 손을 앞으로 뻗은 후에 '포인트 동전'이라고 하면 나타납니다. 그 동전을 통해서 저희는 포인트를 측정하죠."

"아아, 네. 포인트 동전. 오오오! 진짜 생겼어요!"

사내는 손바닥 위에 생긴 동전을 하르멜에게 건네줬다.

하르멜은 그 포인트 동전을 손으로 꾹 쥐며 집중하려 했다. 이렇게 집중하고 마나를 불어넣으면 포인트 값을 확인할 수 있다.

"아삭아삭 아삭!"

한데, 앞에 들려오는 소리. 그 소리 때문에 하르멜은 집중할 수 없었다. 사내는 붉은 수박을 들어 올려 아삭아삭 씹고 있었다.

'마, 맛있겠네.'

겨울인지라 수박을 찾아보기 힘들다.

수박은 물이 많은 달콤한 녀석 아니던가. 씹자마자 입안 가득 수박의 달콤한 과즙이 터지며 아삭거리는 식감이 정말이지 좋은 녀석이다. 후르츠 칵테일을 몇 개씩 포크로 먹어준 사내는 수박 반 통을 통째로 들어 올려 우유와 사이다, 설탕이 혼합된 그것을 들이켰다.

"꿀꺽 꿀꺽꿀꺽, 크핫!"

"……마, 맛있으시죠. 고객님!"

"네, 너무너무 맛있어요!"

"저 너무 힘들어 보이지 않나요? 황금 같은 토요일에 이렇게 업무를 하고 있는데 그 맛있는 수박 저도 하나만……."

"에? 수박을 먹으면 우리 아름다운 여성분의 치아에 끼겠죠? 그럼 혀로 빼려고 하시겠죠? 전 아름다운 하르멜 님의 우아하고 고풍스러운 모습만이 보고 싶어요. 입안의 속살은(?) 다음에. 후후……."

"어, 어머나……."

그녀가 귀 뒤로 머리카락을 넘기며 '호호'하고 웃었다. 사내가 책상 위의 사탕 바구니를 보고 말했다.

"오오. 이거 먹어도 되는 거예요?"

"네, 서비스니까 마음껏 드셔도 돼요."

"……후회하실 텐데, 정말 마음껏 먹어요?"

먹으면 몇 개나 먹겠는가. 한 개나 두 개? 그런 생각을 하며 그녀가 장난스레 말했다.

"사탕 공장 기둥을 뽑아도 될 정도로 드셔도 요리사의 탑에선 뭐라고 안 할게요~"

"오오오오. 고마워요."

그가 사탕 봉지를 깠다. 그리고 입에 넣고 씹어 먹기 시작했다.

"아작아작!"

그에 다시 집중해서 포인트를 측정하려던 하르멜이 말했다.

"……저 죄송한데, 저 집중 좀 할게요. 포인트 측정이 힘드네요."

"넵, 조용히 하고 있겠습니다."

사내가 좀 조용해졌다. 아니, 조용해진 줄 알았더니 바구니에 들어 있는 사탕을 하나하나 까기 시작했다. 그리고 자신의 눈치를 보더니.

와르르르르!

"와아아아앙!"

스무 개의 사탕을 입안에 들이붓고는 우물거렸다.

"무슨 사탕을 팝콘처럼…… 저 안쪽에서 측정하고 올게요!"

하르멜은 이런 식으론 집중하지 못할 것 같다고 생각했다.
안쪽으로 들어간 그녀가 빠르게 측정했다.

[포인트 동전을 측정합니다.]

천천히 포인트가 측정되기 시작한다. 그러면서 그녀는 생각
했다.

'어디서 수박 못 구하나. 와, 화채 진짜 맛있겠다. 왜 이렇게
맛있게 먹는 거야?'

[1,245…… 2,146…….]

"오, 생각보다 많이 모으셨는데?"
처음으로 탑에 온 것치고 꽤 높은 수치였다.
시간이 지날수록 하르멜의 눈이 갈수록 커지기 시작했다.

[5,211…… 6,145…… 8,131…….]

"억?"
그녀는 경악할 수밖에 없었다.
곧이어 그 수치가 완전히 나타났다.

[15,200포인트입니다.]

"말도 안 돼!"

그녀는 경악했다. 처음으로 이곳에 온 이가 15,200포인트를 교환한다는 것은 전례에 없던 일이었기 때문이다.

밖으로 나오자 그는 다른 직원을 통해서 사탕을 리필(?) 받아서 먹고 있었는데, 사탕 봉지째로 그것을 받아서 아그작 아그작 먹으며 말했다.

"사탕, 맛있엉!"

'이 사람…… 이상해…….'

박 팀장과 이민화가 다소 심각한 표정으로 모니터를 바라보고 있었다.

"15,000포인트라……."

"공교롭게 포인트도 얼추 비슷하네요."

두 사람이 보는 모니터에는 민혁이 보이고 있었다.

"딱 그 히든피스하고 맞아떨어지는 가격이라니."

"그러기도 쉽지 않은데, 사실상 깨는 게 거의 불가능하잖아요. 15,000포인트를 요리사의 탑에 모아오는 유저라니."

사실상 전투직 유저들을 위한 탑에서도 그 정도 포인트는 매우 나오기 힘든 수치.

"아니야, 그래도 아직은 몰라."

이민화는 박 팀장이 부정하는 이유를 알았다.

'그 히든피스를 깨기 위해서 선택하는 건 정말 손해밖에 없는 거니까.'

요리사의 탑에 숨겨져 있는 히든피스는 15,000포인트라는 엄청난 포인트를 들여서 포인트 대비 정말 별 볼 일 없는 것을 구매해야지만 발발한다. 사실상 아이템 설명에 떡하니 나와 있는데 15,000포인트라는 큰 포인트로 도박하는 이들은 많지 않다는 거다.

하지만 이민화의 생각은 달랐다.

'맛있는 게 최고인 저 유저라면……'

그녀는 모니터 속에서 사탕 봉지를 입에 부어 넣는 그를 보았다.

요리사의 탑 부마탑장 고든은 빠르게 걸음을 옮기고 있었다. 1층 하르멜의 말에 따르면 만 5천 포인트를 가진 유저가 나타났다고 한다. 요리사의 탑에서 가장 많은 포인트를 교환한 것은 바로 황혼의 요리사 블랙이었다. 그도 누적 포인트는 2만 포인트밖에 안 된다.

말 그대로 누적 포인트고 최고 거래 포인트는 6천 포인트 정도였다. 한데, 거의 세 배 가까이 되는 포인트라고?

　'정체가 뭐지?'

　그렇게 생각하며 걸음을 옮기는 고든. 고든은 하르멜에게 그를 VIP실로 데려다 놓으라고 했었다.

　곧이어 고든은 화장실을 다녀온 그녀와 만났다.

　"그 사람은?"

　"안에 있어요. 사, 사탕 괴물이에요. 벌써 10kg을 먹었다고요."

　"무슨 소릴 하는 거야? 하르멜 씨. 지금 나하고 농담 따 먹자는 건가?"

　"그, 그게 아니……."

　"사람이 무슨 사탕을 10kg을 먹나? 지금 장난칠 때야?"

　고든은 진정으로 화가 난 기색이 역력했다.

　곧 화를 진정시킨 고든이 말했다.

　"흥분했군. 그는 포인트로 무엇을 교환한다고 했지?"

　"아직은 그 부분에 대해서 이야기하지 못했습니다."

　"아직도? 그럼 VIP실에 있는 동안 뭘 하고 있었던 거야. 도대체."

　날카로운 그 눈빛에 하르멜은 한없이 작아져 말했다.

　"사, 사탕 리필해 줬어요."

　"또 그놈의 사탕 이야기. 하르멜 씨 그렇게 안 봤는데……. 후…… 이따가 이야기합시다."

이어서 문고리를 잡으려던 때 하르멜이 조심스레 다시 한번 말했다.

"사탕 이야기 진짜예요."

고든은 어이가 없어서 피식 웃었다.

'사탕 10kg을 먹었다? 이 여자가 지금 나랑 장난치나?'

"사탕 10kg을 먹어? 사람이 그럴 수 있다고? 무슨 코끼리야? 아니, 코끼리도 그렇게 못 먹지. 초식 공룡 트리케라톱스인가? 자네의 말이 맞다면 이제부터 자네가 부탑장하지."

끼이익-

문이 열렸다.

고든은 멍하니 안을 바라보며 눈을 끔뻑이다가 다시 살그머니 문을 닫았다. 그러고는 하르멜의 앞에 와서 작은 목소리로 속삭이며 문 쪽을 가리켰다.

"안에 트리케라톱스가 있어……!"

민혁은 행복한 표정으로 사탕을 먹고 있었다.

달콤한 사탕! 백화점이나 휴대폰 대리점 등 다양한 곳에 공짜로 배치되어 있는 이것! 민혁은 하르멜이라는 여성이 공장 기둥뿌리를 뽑아도 된다기에 마음 놓고 먹고 있었다.

"생각보다 많이 못 먹었네."

그의 주위로는 엄지손톱만 한 사탕 봉지 수천 개 정도가 깔려 있었다. 그러던 때 문이 슬그머니 열렸다. 그러다가.

탁!

하고 다시 닫혔다.

곧이어 문이 다시 열리면서 안으로 한 사내와 하르멜이 들어왔다. 그 사내는 머리가 깔끔하게 정리된 사내였다.

"요리사의 탑 부탑장 고든이라고 합니다."

"오, 이름이 정말 맛있게 생겼네요."

"예?"

세계적인 요리사와 이름이 똑같은 그! 민혁은 자신도 모르게 그의 요리는 맛있겠지? 라는 생각을 하면서 혀로 윗입술을 핥았다.

흠칫!

'뭐야, 호, 혹시 게이?'

그에 고든이 경계의 눈빛을 보냈다.

"여기 사탕 한 봉지 더 추가요!"

"이, 인제 그만 드시면 안 될까요?"

하르멜이 말했다. 그 말에 민혁은 유저들이 가진 '녹음'기능으로 미리 준비한 대화를 재생했다.

[사탕 공장 기둥을 뽑아도 될 정도로 드셔도 요리사의 탑에선 뭐라고 안 할게요~]

"이런 사탕에 미친 색……."

"예?"

"아, 아닙니다."

고든이 작은 목소리로 중얼거리다가 고개를 저었다.

하르멜이 감탄했다.

'치, 치밀하다. 어떻게 사람이 이렇게 치밀할 수가 있는 거지!'

사탕을 리필하러 하르멜이 자리를 비운 사이, 고든이 홀로 그램을 띄웠다.

"보시는 바와 같이 15,200포인트 정도면 여기 있는 장비들이나, 스킬북으로 교환 가능합니다."

민혁은 사탕 하나를 까서 또 쏘옥 넣었다.

"저는 개인적으로 정령왕의 조리복을 추천합니다."

고든은 결코 친절한 사람이 아니다. 그는 요리사의 탑의 부탑주! 전사의 탑이나, 마법사의 탑, 궁사의 탑 같은 곳의 탑장들은 실제로 황제와 맞먹는 영향력을 가졌다.

물론 비전투직인지라, 요리사의 탑의 부탑장인 고든의 경우 그 정도는 아니었지만 그래도 막강한 힘을 가진 인물!

그런 고든이 민혁에게 호의적인 이유는 하나다.

'포인트를 이 정도 모았다는 건 특별한 요리사라는 증거지.'

그는 분명히 대우받기 충분한 사람이었다.

"정령왕의 조리복을 추천하는 이유는 착용하면 버프량 30%가 증가합니다. 그뿐만이 아니죠. 힘 50 증가, 민첩 50 증가로 요리사의 몬스터 사냥을 도와주죠. 또 정령 친화력도 붙어 있기에 없어서 못 사는 제품입니다. 실제로 유니크이지만 에픽 정도의 옵션이에요."

"맛 상승은 없나요?"

"맛 상승은 없습니다. 하지만 저는 단언합니다. 이 아티팩트가 저희 요리사의 탑에서 가장……."

"별로네요."

"별로인 아티팩트입니다. 엥?"

고든은 무언가 이상함을 느꼈다.

하지만 민혁은 생각했다.

'아니, 맛 상승이 없다니! 말이 돼?'

가장 중요한 게 빠지지 않았나?

고든이 부정했다.

"버프량 증가면 파티 사냥에 들기도 쉬워지고 힘과 민첩도 상승합니다. 아마 착각하셨나 봅니다."

"아뇨, 별로인 것 같아요. 확실히요."

"아, 아니. 도대체 왜 별로라는 겁니까?"

고든은 당혹한 표정이었다.

곧 민혁이 차분히 설명했다.

"요리사는 맛있는 걸 만들기 위한 사람 아닌가요?"

"그, 그렇죠?"

맞는 말이기에 끄덕.

"맛있는 음식을 사람들에게 먹이거나 본인이 먹기 위해선 맛이 좋아지는 게 좋겠죠?"

끄덕-

"근데 버프량이 더 중요하다는 건, 요리를 먹이는 게 아니라 버프량을 먹이는 거 아닌가요?"

끄덕.

"그러니까 이 상품은 별로죠?"

끄덕.

"생각해 보니 정말 별로…… 아, 아니, 아니죠! 님 레벨업 안 하시나요? 파티 사냥도 해야죠!"

"요리사라는 분이 맛있는 것보다 버프량을 선호하시다니, 정말 실망이네여!"

"……."

고든은 작은 한숨을 쉬다가 말했다.

"굳이 이것들을 고집하는 이유가 있나요? 15,000포인트면 정말 엄청난 겁니다."

"맛있는 재료를 찾는 것뿐인데, 문제 있나요?"

그 말에 고든은 망치로 머리를 한 대 두들겨 맞은 것 같았다. 그리고 감격했다.

'이, 이럴 수가……!'

진정한 요리사다. 15,000포인트로 얻을 수 있는 엄청난 아티팩트나 스킬북보다 재료나 요리라니.

'엄청난 돈을 들여서라도 탐구해서 더 맛있는 걸 남들에게(?)

해주기 위함이야!'

이런 요리사가 있다니!

[고든과의 친밀도가 상승합니다.]
[고든과의 친밀도가 상승합니다.]

그리고 민혁은 고개를 갸웃했다.

자신은 그에게 실망했는데, 고든은 자신과의 친밀도가 올랐다고 하니 고개가 갸웃해질 수밖에.

민혁은 재료를 지나쳐 요리를 확인해 봤다.

'황홀의 양송이버섯 스프. 5대 스텟 50이랑 마법 방어력 50을 올려주네? 근데 뭐 '더 맛있다.' 이런 것도 없고 별로네.'

그렇게 확인하면서 하나하나 넘겨봤다.

진짜 맛있는 걸 찾는 것이다. 그러던 중 민혁은 한 곳에서 손가락이 멈췄다.

"헉……!"

그는 깜짝 놀랄 수밖에 없었다. 정말이지 엄청난 요리가 있었기 때문!

"이렇게 귀한 것이 여기에 있었다니!"

고든은 고개를 갸웃했다. 그의 시선이 민혁이 말하는 음식에 향했다.

'저게 귀한 거라고……?'

민혁은 잿빛의 짜파게띠라는 음식에 멈춰 있었다. 그는 곧바로 잿빛의 짜파게띠의 정보를 확인해 봤다.

(잿빛의 짜파게띠)
재료 등급: C
특수 능력:
  • 5대 스텟+3
  • 잿빛으로 빛나 더 진한 맛을 내고 더 맛있는 짜파게띠
설명: 요리사의 탑의 15,000포인트로 구매할 수 있는 잿빛의 짜파게띠. 맛은 좋지만 추천하지 않음.

때마침 하르멜이 안으로 들어왔다. 그는 사탕 박스 두 개를 들고 있었다.
민혁은 몸을 일으켰다.
"이 요리에 관련한 노래를 아시나요?"
"······?"
고든과 하르멜이 고개를 갸웃했다.
몸을 일으킨 민혁. 그가 흥얼거렸다.
"짜~ 짜~ 파게띠! 농× 짜파게띠."
"······."
"전 이걸로 하겠어요! 짜파게띠!"

[잿빛의 짜파게띠를 선택하시겠습니까?]
[15,000포인트가 소모됩니다.]

"네, 네, 네!"

민혁은 쾌활하게 외쳤다. 곧이어.

[잿빛의 짜파게띠를 구매합니다.]
[15,000포인트가 소진됩니다.]

"컥……."

"헐……."

두 사람은 정말로 그걸 구매했다는 사실을 알 수 있었다. 요리사의 탑에서 역대급으로 높은 포인트 교환이었는데, 유저가 구매한 게 고작 짜파게띠라니!

하지만 민혁은 무척 흡족한 표정이었다.

곧 그가 물었다.

"여기서 조리해도 되나요?"

그는 15,000포인트짜리 짜파게띠 봉지를 들고 흥에 겨워 말했다.

"아, 예……."

"네……."

두 사람이 엉겁결에 고개를 끄덕였다. 민혁은 짜파게띠 봉지를 가슴에 안고 비장하게 말했다.

"오늘은 내가 짜파게띠 요리사!"

곧이어 민혁은 요리를 시작했다.

촤아아아아아-

한쪽 냄비에는 물을 끓이고 한쪽 프라이팬에는 기름을 둘렀다. 그다음 프라이팬이 달궈지자 거기에 계란 두 개를 깨 넣었다.

촤르르르르-

계란프라이 두 장이 잘 익어간다. 그가 계란프라이를 하는 이유는 짜파게띠에 올려 먹기 위함! 곧이어 계란프라이를 뒤집어 노른자가 완전히 익지 않게 반숙으로 했다. 그다음 물이 끓고 있는 짜파게띠에 면을 넣고 후레이크를 넣었다. 부글부글 끓는 녀석을 젓가락으로 휘휘 들어 올렸다가 내렸다 하며 꼬들꼬들함을 살려준다.

그리고 면이 다 익으면 물을 버린다. 짜파게띠의 뒷면을 보면 '8스푼만 남기신 후'라고 적혀 있다. 하지만 민혁은 10스푼 정도를 남겼다. 그리고 짜파게띠 면을 냄비에서 꺼내지 않고 약불로 킨 상태에서 검은색 분말수프와 올리브유를 넣고 그 상태에서 볶기 시작했다.

촤아아아아아-

검은 분말수프가 물과 만나 검은 액체가 되어 면발 곳곳에 스며든다. 계속해서 볶자, 면이 찐한 검은색이 되었다.

어느 정도 졸았으면 불을 끄고, 그 상태에서 계란프라이 두 장을 짜파게띠 위에 올린다. 그리고 계란 노른자 부분을 콕 누른다. 그럼 스멀스멀하고 노른자가 비집고 흘러나온다.

"흐흐흐흐……!"

민혁은 잘 익은 김치와 단무지를 꺼냈다. 왜 짜파게띠를 고르느냐는 표정을 짓던 고든과 하르멜도 집중하고 있었다.

민혁은 그 검은 면발을 집어 들었다.

"흐루루루룹!"

면발을 빨아들이자 달짝지근하면서도 진한 맛이 느껴진다. 잿빛 짜파게띠는 일반 짜파게띠보다 훨씬 더 감칠맛이 있었고 진한 맛이 있었다.

"와, 왜 15,000포인트나 하는 줄 알겠네. 이 정도 맛이면 15,000포인트 할 만하지!"

"……."

"……."

고든과 하르멜은 멍하니 민혁을 보고 있었다.

민혁은 계란프라이 반쪽을 와구 먹었다. 계란의 담백하고 풍부한 맛이, 짜파게띠에 풍미를 더해준다. 그렇게 다시 면을 먹다가 젓가락으로 잘 익은 김치를 하나 먹어준다.

"아삭아삭."

입안에서 매콤 새콤한 김치가 느끼할 수 있는 짜파게띠의 맛을 잡아준다. 그 상태에서 면을 먹어준 후, 이번엔 달면서도 시큼 아삭한 단무지 반쪽을 먹어줬다.

"아삭아삭 아삭."

민혁은 고개를 끄덕였다.

"우물우물, 맛있어!"

그리고 그 모습을 보는 고든과 하르멜. 두 사람이 동시에 입을 벌렸다.

'그, 그래 우리 입에도 넣어줘.'

'제발 한 입 드셔보실래요? 라는 말이라도 좀 해줘!'

짜파게띠를 먹던 민혁. 그가 두 사람의 하이에나 같은 눈빛에 멈칫했다.

"그렇게 배고픈 표정 지으면 어떻게 해요. 에이, 인심 썼다."

"오오오오오, 고맙네! 정말 고마워!"

마치 세상이라도 구해준 듯 고든이 감격했다.

"이거라도 드세요."

그러면서 민혁이 건넨 것은 사탕이었다. 그것도 계피 사탕.

"……."

"……."

하르멜과 고든이 허탈한 표정을 지으며 그것을 내려다봤다. 한데, 민혁은 정말 진심으로 인심을 썼다는 표정을 지었다. 그리고 얼마 남지 않은 면발을 먹어치웠다. 그릇에 묻어 있는 검은 것들을 모두 핥아 먹었을 때 알림이 울렸다.

[히든피스 '당신의 입맛은 옳다'를 완료했습니다.]

[5대 스텟을 3씩 획득합니다.]

[손재주 300을 획득합니다.]

[손재주 스텟 600을 달성합니다. 손재주에 관련한 모든 스킬의 능력이 10% 더 향상됩니다.]

[손재주 스텟 700을 달성합니다. 손재주에 관련한 모든 스킬의 능력이 10% 더 향상됩니다.]

[손재주 스텟 800을 달성합니다. 손재주에 관련한 모든 스킬의 능력이 10% 더 향상됩니다.]

'히든피스……?'

민혁은 감탄했다. 단순히 가장 맛있는 게 있어서 골랐던 민혁으로서는 기분 좋은 소리였다. 한 번에 손재주 스텟 300개! 제국의 비약을 먹었을 때보다 훨씬 더 높아졌다

그러던 중 고든이 중얼거렸다.

"이 행동은 마치 전설에 등장하는 식신을 보는 것 같군."

"……?"

그 말에 민혁은 반응할 수밖에 없었다. 바로 자신이 '식신'이었으니까. 또한, 그 말은 식신이 과거에 존재했었다는 명백한 증거이기도 했다.

"식신이요?"

"아, 예."

"혹시 이야기를 좀 들어볼 수 있을까요?"

그 말에 고든은 흔쾌히 고개를 끄덕였다.

7장
잡캐의 시작(1)

"식신의 전설은 요리사의 탑의 요리사들이라면 상당수가 알고 있는 내용입니다."

고개를 끄덕인 그는 이야기를 꺼내기 전 설명했다.

"허황된 이야기가 너무나도 많기 때문에 전설로만 생각하시면 될 것 같습니다."

"예."

"식신이란 자에 관련한 이야기는 전 요리사의 탑장님인 보로토 님을 통해서 계속해서 들어왔습니다."

민혁은 고개를 주억였다.

"예전에 하늘을 가르고 땅을 울리게 하는 힘을 가진 남자가 있었다고. 또 그는 먹을 것을 아주 좋아하고 요리 실력 또한 요리사 중 따라갈 자가 없다 하여 그의 요리를 맛본 이들은 모두 그에게 반했다고 들었습니다."

"네."

"그리고 그를 따르는 자들도 아주 많았다고 하더군요. 한데, 이 전설이라는 것이 너무나도 터무니없는 내용뿐입니다."

"터무니없어요?"

"예."

그는 황당하다는 웃음을 짓고 있었다.

"식신에게 황제의 자리에 앉을 기회가 생겼었다고 하더군요. 한데, 이 식신이란 자는 '아, 배고픈데 뭔 황제야 귀찮게! 야, 켈론. 너 황제 해. 나 밥 먹으러 간다.' 하고 갔다더군요."

그는 고개를 절레절레 저었다.

"그리고 그 황제 켈론이 대륙 역사상 최고의 황제인 보켈리 제국의 황제랍니다. 그뿐이 아닙니다."

고든은 흥분한 기색으로 침까지 튀기며 테이블을 손바닥으로 작게 탁 내리쳤다.

"역사상 가장 잔학무도하다는 블랙 드래곤 로드 칸! 그에게 가서 한 말이 뭔지 아십니까?"

"뭔데요?"

"'나 통구이 바비큐 해 먹을 건데, 브레스로 좀 구워줘. 태워 먹으면 네 비늘 개수대로 맞는다?' 아니, 이게 말이 되는 전설입니까?"

"브레스로 구우면 맛있겠다."

"그렇죠. 맛있긴 하겠…… 아니지! 그게 중요한 게 아니지요. 이건 말이 안 되잖습니까."

그에 민혁은 정말 이해할 수 없다는 표정을 지었다.

"왜 말이 안 되죠? 어째서?"

"아니, 당연히 그렇잖습니까. 지상 최강의 존재인 드래곤한테 가서 브레스로 바비큐를 구워달라는 게 말이 됩니까!"

"바비큐가 너무 먹고 싶으면 그럴 수도 있죠!"

"음……."

고든은 고개를 갸웃했다가 이건 어떠냐는 듯 말했다.

"그뿐만이 아닙니다. 드워프들의 왕 황금 망치 란트에게 가서는 '나 부침개 끝부분 노릇노릇 잘 구워지는 도구 좀 만들어 줘! 라면서 신의 광물 아만타디움을 가져다줬다고 합니다! 세상에. 신의 광물이라 불리는 아만타디움으로 부침개 굽는 도구를 만들어달라고 하다니!"

"와, 그런 도구가 있다면 얼마나 좋을까요? 부럽다."

"……."

고든은 정말 공감하는 표정을 짓는 민혁을 보며 '애, 뭐지?'라는 표정으로 바라보다가 말했다.

"아직 끝이 아닙니다. 요정들이 섬기는 수호신인 어머니 나무에게서는 레펜더서라는 꽃이 자랍니다. 레펜더서는 성스러운 꿀을 가지고 있죠. 근데 그 미친 식신이란 자는 레펜더서를 몰래 훔쳐다가 꿀을 짜서 가래떡에 찍어 먹었다는 겁니다! 그 엄청난 값어치를 가진 레펜더서의 꿀로 가래떡을 먹다니!"

"먹을 줄 아시네!"

"그렇죠. 가래떡에 꿀 찍어 먹으면 맛있는 건 알아 가지고!"

결국 또 말려든 고든. 그가 멍한 표정을 짓다가 헛기침을 흠흠 했다.

"당신은 식신의 후예라도 되는 겁니까? 아니, 어떻게 하면 그걸 이해할 수가 있는 거죠?"

"제가 식신이 맞으니까요."

"예?"

"제가 식신입니다. 후예인지는 모르겠지만 같은 직업을 가지고 있는 건 사실입니다."

민혁은 굳이 숨길 필요성은 느끼지 못했다. 또한, 이를 통해 식신에 관련한 단서를 찾을지도 모른다는 생각이 들었다.

물론 그 단서에 관한 모든 것도 이런 의도다.

'식신이라면 맛있는 걸 숨겨놨을지도 모르지!'

잠시 고든은 곰곰이 생각하는 표정이었다.

'보로토 님은 식신이 언젠가는 요리사의 탑에 나타날 거라고 하셨지. 그리고 나타나면 자신이 있는 곳을 알려달라고 했어. 그땐, 말도 안 된다고 생각했었건만.'

그에 고든은 조심스럽게 권유했다.

"당신이 정말 식신이라면 전 요리사의 탑장님이신 보로토 님을 한번 만나보시는 게 어떻습니까?"

민혁에게 알림이 들려왔다.

[식신의 유물 퀘스트와 중복 퀘스트입니다.]

'아……!'

그리고 민혁은 알 수 있었다. 괴식의 식신으로 2차 전직했을 때, 그는 '식신의 유물'이라는 퀘스트를 받았었다. 하지만 레벨 제한 때문에 정보 자체가 열람되지 않았다.

'아마도 보로토라는 요리사를 만나는 거였나 본데?'

거의 반은 확실한 거였다.

"알았습니다."

그리고 고든은 추가로 생각난 게 있었다. 그걸 말하려던 차였다.

[아테네의 신이 당신에게 제재를 가합니다.]
[더 이상 발설하지 마시기 바랍니다.]

그에 고든은 알 수 있었다.

'저, 정말 식신이었구나!'

그리고 앞의 사내가 아직 조건을 충족하지 못했다는 것도 눈치챘다. 그는 입을 꾹 다물었다.

"제가 해드릴 수 있는 말은 여기까지입니다."

"그렇군요. 이야기 감사합니다. 후…….."

그렇게 말하면서 민혁은 시무룩한 표정이었다.

"왜 그러시죠?"

"제가 너무 안일했다는 생각이 드네요. 저도 그분처럼 더 열심히 잘 먹었어야 하는 건데……."

"아, 아니. 지금도 충분히 잘 먹고 다니시잖습니까."

"아니요. 그 정도론 부족해요. 저도 목표가 하나 생겼습니다."

"……?"

"꼭 브레스로 바비큐 구워 먹어볼래요. 가래떡을 레펜더서의 꿀로도 찍어 먹어보고요."

그는 진심이라는 듯 주먹을 꽉 쥐고는 비장한 표정으로 눈빛을 빛냈다.

"……."

"그럼 모쪼록 안녕히 계세요."

고든은 멍하니 그가 나간 자리를 보다가 툭 던졌다.

"저 사람도 제정신은 아니야."

이어 하르멜이 말했다.

"왜 뒷말은 안 하셨어요?"

가장 중요한 전설의 한 부분이 존재했다. 한데, 고든이 그 말을 꺼내지 않았다. 하급자인 하르멜은 나설 수 없어 가만히 있었을 뿐.

"아테네의 신께선 그가 스스로 찾길 원하시는 것 같더군. 드래곤 로드 칸, 황금 망치 드워프 란트, 그리고 어머니 나무, 그 외의 무수히 많은 자들."

고든은 그가 나선 자리를 보며 중얼거렸다.

"그들이 식신을 누구보다 아끼고 사랑했다는 것, 그리고 그들의 힘 일부는 그가 남긴 유물과 함께 숨겨져 있다는 것."

대장장이 론. 그는 작은 한숨을 쉬었다.

'큰일이군, 큰일이야.'

그는 조금 전에 더 이상 거래를 하지 않겠다는 통보를 받고 온 참이다.

론은 성격이 매우 안 좋기로 바라스 왕국 일대에서 무척이나 유명했다. 이방인들에 이어서, 같은 지킴이들까지 그를 좋아하지 않았다. 그나마 실력이 좋은 대장장이여서 거래를 할 수 있던 것. 한데, 그런 그가 거래하기로 했던 상품을 늦게 줘 버려 이런 불상사가 발생했다.

기초 구급 약품 상점 주인 매캔. 농부 브레트. 그 외의 다른 이들까지! 거래가 늦어지자 더 이상 거래하지 않겠다고 통보를 해온 상태!

이는 얼마 전에 온, 한 어린 이방인 꼬마 소녀 때문에 생겨난 일이었다.

'그래도 그 어린 것이 혼자 있는 게 마음이 아픈데 어쩌겠어.'

론은 아내와 자식을 잃었다. 그 때문에 그는 어린 이방인이 혼자 있는 게 안타까워 항상 대장간에 두곤 했다. 위험한 것들이 있는 것엔 못 가게 하면서.

이 소녀의 이방인 아버지가 론에게 그녀를 부탁하기도 했었다. 원체 성격이 좋지 않기로 유명한 론이었지만, 과거에 잃은 자식을 생각하며 자신이 항상 여기에 있을 수 없다는 그 아버지의 말을 들어주고 돌봐주기로 한 것이었다.

'병을 치료하느라, 그 후유증으로 음식을 먹지 못하는 것도 참 큰일이야.'

그 어린아이는 음식을 일절 먹지 않았다. 듣기론 이방인들의 세상에서 백혈병이라는 병마와 싸우다가 그 병이 완치되었음에도, 매일 치료를 하며 토하던 기억 때문에 아이가 먹는 것을 두려워한다고 하였다.

그 두려움을 이기게 하려고 데리고 왔더니, 여전히 나아지질 않는다고 그 아버지가 한탄 어린 한숨을 쉬곤 했다. 그 한숨은 냉혈인 같은 론에게서도 나왔다. 어린 것이 그 얼마나 가엾은가!

그런 생각을 하며 대장간으로 돌아가던 중이었다.

"까르르르르르!"

웃음소리가 들려왔다. 그 웃음소리는 매우 익숙했다. 어린 이방인 혜민이! 그에 론은 의아함을 느끼며 걸음을 빨리했다.

그리고 볼 수 있었다. 한 정체 모를 이방인이 혜민이를 목말을 태운 채 덩실거리고 있었다.

그리고 혜민이는…….

"가댜! 대지야!"

"꾸울, 꿀! 꿀꿀!"

그 청년의 어깨 위에 올라탄 채 웃고 있고, 그 청년은 돼지 울음소리를 내고 있었다.

그러다 론과 눈이 마주친 청년. 그가 무안했던 듯 얼음이 되더니, 혜민이를 슬그머니 내려놓고는 헛기침을 '큼큼' 하고 뱉었다. 그러고는 말했다.

"그……. 제가…… 죄송한 일이 하나 있는데요."

1시간 전. 론의 대장간에 왔던 민혁은 아무도 없는 것을 발견할 수 있었다.

"저기요? 아무도 안 계신 가요?"

그에 고개를 갸웃했던 민혁! 그는 잠시 주변을 두리번거리다가 용광로를 발견할 수 있었다.

"오……. 이것이 바로 TV 속에서 보던 용광로군, 용광로 하면 삼겹살이지!"

TV에서 자주 봤던 삽자루 삼겹살! 포일을 감싼 후 삼겹살을 삽 위에 올려 넣으면 5초 만에 뚝딱 잘 익어서 나오지 않던가.

하지만 민혁은 잠시 고민했다. 주인 없는 대장간에서 그런 짓을 하면 되겠는가!

그렇게 기다렸으나 결국 민혁은 그 유혹을 이기지 못했다.

삽에 포일을 두르고 미리 구비해 놓았던 삼겹살을 올렸다. 그다음 조심스레 용광로의 뚜껑을 밀고 그 안에 삽을 넣었다.

몇 초가 지나고 빼낸 삼겹살.

지글지글 지글-

기름기를 가득 품은 삽자루 삼겹살!

민혁은 감탄했다. 그리고 그 자리에 앉아서 삼겹살을 먹기 시작했다. 소금장에 찍어 먹고 상추에 쌈을 싸서 먹고.

"크흐! 확실히 삽자루 삼겹살이 진리구만! 흐하하핫!"

그렇게 웃음을 지으며 어서 빨리 먹어치우자고 생각하면서도 다 먹으면 두 번 굽고, 또 먹으면 세 번 굽고, 열 번째 먹고 있을 때였다.

끼이익- 탱그랑!

요란한 소리가 들렸다.

홱!

서둘러 고개를 튼 민혁. 마치 도둑고양이와 같았다. 그리고 구석에 숨어서 자신을 훔쳐보는 한 아이를 볼 수 있었다.

"응?"

민혁은 고개를 갸웃했다.

고개를 빼꼼 내밀고 있는 어린 여자아이가 말했다.

"그게 그렇게도 맛있디?"

"그럼! 맛있는 게 최고야!"

"혜민이는 먹으면 아파……."

"말도 안 돼. 이렇게 맛있는 걸 먹고 아프다니! 맛있으면 영 칼로리라구!"

"덩 칼로리?"

"아니, 영 칼로리."

그에 혜민이라는 아이는 모르겠다는 듯 고개를 도리도리 젓더니, 품에서 뭔가를 주섬주섬 꺼냈다.

"그럼 이거 너가 먹어."

"……!"

그에 민혁은 눈을 크게 떴다. 혜민이란 아이가 꺼낸 것은 다름 아닌 ABD 초콜릿이었던 것이다. 민혁에게 초콜릿이란 있어도 닿지 못하는 것이었다.

그는 초콜릿을 매우 좋아했었다. 하지만 폭식 결여증 환자에게는 독과 마찬가지였다. 그 때문에 초콜릿이 먹고 싶어서 울고불고했던 적도 한두 번이 아니었다.

그만큼 남들에겐 아닐지 몰라도 민혁에게 초콜릿이라는 건 특별한 '음식'이었다. 그에 당연히 눈이 그곳에 고정될 수밖에 없었다.

"그 귀한 걸 어디서 난 거니?"

"아빠가 먹으라고 줬는데, 먹기 싫어! 이거 먹으면 아파!"

"아닌데, 맛있는 거 먹으면 안 아픈데?"

"아니야, 혜민이는 아파."

배를 문지르는 그녀의 말에 민혁은 한 아름에 접근했다.

달콤한 초콜릿.

"그러니까, 너가 먹오."

혜민이가 손수 직접 까서 민혁에게 내밀었다. 그 순간.

"와아아아아앙!"

혜민이의 그 조막만 한 손까지 날름해 버린 민혁! 그에 혜민이가 그 작은 주먹으로 머리를 콩 때렸다.

"이 똥꾸야, 손까지 먹으면 안 되지!"

"아, 미안. 아웅, 맛있어!"

민혁은 입안에 가득 퍼지는 달콤한 초콜릿의 맛에 자신도 모르게 빙그레 웃어버렸다. 반 정도 녹여 먹고, 깨물어 먹자 단맛이 더욱더 짙게 퍼져 나갔다.

혜민이 초콜릿 봉지 통째로 그에게 내밀었다.

"자, 더 먹어."

"고마워! 너 정말 좋은 애구나!"

민혁은 초콜릿을 게 눈 감추듯 먹기 시작했다. 그리고 이어 마지막 하나까지 까먹었다.

"우물우물?"

초콜릿 봉지에 손을 넣고 없는 걸 알고 아쉬워하던 민혁. 그는 곧 혜민이의 얼굴을 볼 수 있었는데, 하나도 남지 않자 허탈한 표정을 짓고 있었다.

"내 쪼콜릿……."

"흐억, 미안!"

민혁은 자신이 식욕을 참지 못해 다 먹어버렸다는 것을 알고 미안한 마음이 엄습했다. 혜민은 초콜릿을 먹지 못하지만, 어린아이들은 자신의 것을 누군가 다 가져가면 크나큰 상실감을 느끼지 않던가! 지금 혜민이의 표정은 세상을 다 잃은 듯한 표정이었다.

"저 대지가 다 먹었어……."

뜨끔!

괜스레 그 말에 흠칫한 민혁이었다.

"이 대지 똥꾸!"

"내 이름은 대지 똥꾸가 아니라, 민혁이야. 민혁 오빠."

"똥꾸!"

"아, 아니 민혁이라니까? 자, 따라 해봐. 민. 혁."

"미……."

민혁은 혜민이의 입에 시선을 집중했다. 이게 뭔데, 이렇게 긴장되는지 모르겠다. 마른침이 꿀떡하고 넘어간다. 그렇게 혜민이의 입을 계속 바라봤다. 이어서.

"똥꾸!"

"컥!"

민혁은 졌다는 듯 고개를 절레절레 저었다.

혜민이는 다시 시무룩한 표정이 되었다. 금방 울 것만 같았다. 그에 민혁은 서둘러 목말을 태웠다.

"꺄르르르르. 대지 똥꾸!"

"꿀꿀꿀? 꿀꿀!"

민혁은 어린아이들을 예전부터 좋아했기에 기분이 나쁘지 않았다. 그리고 민혁은 이 혜민이란 아이가 유저라는 걸 은연중에 알 수 있었다.

'그럼 부모님은 어디 가신 거지? 이 어린 여자아이를 놓고?'

아무리 게임이라지만 이처럼 어린아이를 이곳에 둘 부모는 많지 않았다.

"부모님은 어디 가셨어?"

"아빠 똥꾸는 매일 바빠, 그리고 매일 나만 보면 울어. 아빠 똥꾸 불쌍해. 그리고 엄마 똥꾸는 하늘나라 갔어!"

"아……."

민혁은 고개를 주억였다. 사정이란 건 다 있는 법. 자신이 지금 할 수 있는 건 혜민이를 신나게 해주는 일!

"꿀꿀꿀, 꾸이이익!"

"꺄르르르, 진짜 대지 소리가 나!"

그렇게 한창 놀아주고 있을 때. 다급하게 대장간 쪽으로 오는 훤칠한 사내를 볼 수 있었다. 그는 키가 180을 훌쩍 넘었고 머리를 시원하게 민 사내였다. 민혁은 그가 대장장이 론이라는 사실을 알아챌 수 있었다.

슬그머니 혜민이를 내려놓은 민혁은 용광로를 마음대로 이용한 것에 대해 사죄의 말을 드려야겠다고 생각했다.

"그……. 제가…… 죄송한 일이 하나 있는데요."

그런데, 그 말을 꺼내는 순간이었다.

[론과의 친밀도가 상승합니다.]
[론과의 친밀도가 상승합니다.]
[론과의 친밀도가 상승합니다.]

정체 모를 알림!

'응?'

민혁은 고개를 갸웃할 수밖에 없었다.

'버, 버그인가?'

혜민이의 초콜릿을 다 먹어버려 울 것 같길래 달래준 것밖에 없었다. 그런데 이 알림은 뭐란 말인가?

곧이어 들려오는 말에 민혁이 론을 바라봤다.

"죄송한 일? 그것보다 자넨 누구인가?"

론의 물음. 민혁은 이곳 사람들에게 묻고 물어서 오면서 론이 어떤 인물인지 들었다. 실력은 가히 최고! 하지만 성격이 아주 괴팍하다고 들었다. 하지만 버그로(?) 인한 친밀도 상승 때문인지 그는 부드럽게 웃고 있었다.

"제가 삼겹살이 너무 먹고 싶어서, 삽에 삼겹살을 올려 용광로 삼겹살을 해 먹었습니다. 죄송합니다!"

상체를 꾸벅 숙이는 민혁.

그에 론은 그를 보며 피식 웃었다.

'다르군……'

보통 사람이라면 사용했어도 모른 척했을 것이다. 그런데 굳이 사과를 한다. 사람들에게 다가가지 않는 혜민이가 다가가고 편하게 웃고 있는 것이 의문이었는데, 이 청년을 보자 어째서인지 알 수 있었다.

'마치, 어린아이 같군.'

그는 피식 웃었다.

"괜찮네. 그럴 수도 있지."

"정말인가요?"

"그래, 그깟 용광로쯤이야. 쓴다고 사라지는 것도 아니고."

곧이어 민혁은 자신이 이곳에 오게 된 본론도 설명했다. 어떻게 이곳에 오게 되었는지, 마부 바란과의 일들 등이다.

"오호, 그랬군. 마부 바란이 자넬 여기로 보냈어. 그 친구도 여간 깐깐한 친구인데."

"되게 친절하시던데요?"

민혁은 고개를 갸웃했다. 바란이 흐뭇한 아빠 미소로 자신을 봤으니까.

"안에 들어가서 이야기하지."

곧이어 론은 그를 안쪽으로 이끌었다. 혜민이도 자연스럽게 따라왔다. 두 사람이 앉자 민혁의 무릎 위로 올려달라고 애교를 부리는 혜민! 민혁은 혜민이를 무릎 위에 앉혔다. 그러자 민혁을 꼬옥 껴안고는 얼마 지나지 않아 잠이 들었다.

론은 흐뭇하게 그 모습을 바라보았다.

"그래, 특별한 재료. 내가 가지고 있지."

"오오오, 역시 그렇군요. 혹시 어떤 재료인지 들어볼 수 있을까요?"

그 말에 론은 말했다.

"근데 요리 재료라는 것이 그저 먹으면 사라지는 그런 재료라, 그렇게 기대할 필요 없을 텐데. 내가 가진 재료는 바로 '전 요리 세트'라네."

"저, 전 요리 세트……?"

민혁의 몸이 부들부들 떨렸다. 일 년에 명절은 딱 두 번. 하지만 그의 집에선 명절 음식을 하지 않는다. 그 이유는 아버지도 다른 사람들도 민혁을 생각해 전 요리를 하지 않기 때문이다. 그 고소한 냄새가 풍기지 않게 하기 위함.

전이란 어떤 존재던가. 명절에 전 요리를 해 먹으면 단숨에 3kg이 불어나는 마법을 가졌음에도 맛있는 음식이었다.

민혁은 이제까지 마음 놓고, 아니, 전 요리의 근처에 가보지도 못했었다. 그렇기 때문에 그에게 '전 요리'라는 것은 남들보다 더욱더 크게 와닿았다.

"산적, 동그랑땡, 육전, 깻잎전, 명태전, 감자전의 그 전 요리 세트 재료요?"

"그래, 참 보잘것없는 것……."

"아니요!"

그에 민혁은 고개를 저었다.

"어찌 그런 대단한 것을 가지고 계시면서 보잘것없다고 하십니까, 그 맛있는 것들을!"

민혁은 흥분을 감추지 못했다. 먹고 싶다. 전 요리! 김치부침개를 쭈욱 찢어서 입안에 넣으면? 입안으로 퍼지는 시큼 매콤한 김치의 맛과 밀가루가 어울려 쫄깃하다!

육전은 어떠한가. 간장 소스에 콕콕 찍어 입에 넣고 씹으면 절로 미소가 감돈다. 또 전이란 게 대단한 이유는 식어도 맛있다는 것. 그저 돌아다니면서 식은 그것을 하나씩 집어먹는 것도 별미! 한데, 그것도 전 요리 세트 재료라니!

"론 님은 정말 대단하신 분인 것 같아요. 그런 걸 가지고 있다니!"

"그, 그런가? 그게 그렇게 대단한가?"

"예!"

그에 론은 피식 웃었다. 먹을 걸 참 좋아하는 청년이로구나! 하지만 세상에 공짜는 없는 법.

론이 말했다.

"그럼 자네가 내 부탁 하나를 들어준다면 전 요리 세트 재료를 주도록 하지!"

"그 부탁이 뭔가요?"

"요즘 내가 거래하는 곳들과 마찰이 생겼는데, 자네가 그들에게 잘 좀 말해서 다시 계약할 수 있게 도와주시게. 그럼 전요리 세트 재료도 주고, 원한다면 내 대장장이 기술도 가르쳐주지!"

[연계 퀘스트 '대장장이 론 만나기'를 완료했습니다.]
[경험치 5,000을 획득합니다.]
[레벨업 하셨습니다.]
[연계 퀘스트가 히든 퀘스트로 변경됩니다.]

[히든 퀘스트: 대장장이 론의 고민 해결]
등급: A
제한: 론과의 친밀도
보상: 전 요리 세트 재료, 초급 대장장이 스킬, 경험치
실패 시 페널티: 론과의 친밀도 대폭 하락
설명: 깐깐한 론과 높은 친밀도를 쌓아야지만 얻을 수 있는 퀘스트이다. 당신에게 '명성도'가 생성될 것이다. 그 명성도는 당신이 계약을 다시 할 수 있게 도와주거나 혹은 새로운 계약자들을 섭외할수록 올라간다. 당신의 명성도가 얼마나 높은지에 따라 보상이 달라질 것이다.

[명성도가 생성됩니다.]

[명성도에 따라 보상이 달라집니다.]

다름 아닌 히든 퀘스트! 민혁은 몰랐지만, 이 퀘스트는 사실 받기 힘든 퀘스트였다. 바란이라는 마부와 친밀도를 쌓아야 하는 것도 그랬지만 '먹을 것이 보상으로 있으니 만나보게!' 해서 가볼 유저들이 많지 않았기 때문이다. 좋은 템이 있다고 하면 모를까.

"알았습니다. 제가 다시 계약할 수 있게 돕도록 하겠습니다."

"자, 여기 명단일세."

론은 자신과 계약을 파기한다고 한 이들에 대한 명단을 건네줬다. 그리고 퀘스트 설명처럼 말했다.

"추가적인 계약자들을 데려와 주면 더 좋은 재료로 주지!"

"옙, 알겠습니다!"

민혁은 서둘러 몸을 일으키려 하다가도 멈췄다.

"아참, 근데 혹시 혜민이의 아버지는 어떤 분인가요?"

"나와 같은 대장장이일세. 어디 길드의 사람이라던데……
어디더라……. 흐음……."

론은 잠시 기억이 나지 않는다는 표정이었다.

"뭐, 금방 뵐 수 있겠죠."

"그렇겠지. 잘 다녀오게."

이어 민혁이 후다닥 걸음을 옮겼다. 그 모습을 보다가 론은 아차 했다.

"아, 맞아. 레전드 길드라는 곳이었었어."

TTBC의 고은아 기자. 그녀는 작은 한숨을 쉬었다.

"프로 먹방러는 행적이 너무 묘연해. 진짜 이 사람 인기에는 관심도 없나?"

80레벨들의 대회였지만 그 대회를 휩쓸었던 민혁이란 유저는 많은 궁금증과 인기를 낳았다. 하지만 자신이 인기를 가지고 싶다면 먼저 어떤 방송국, 기자에게든 연락했을 터. 하지만 그런 것조차 없는 상황.

사람들은 그가 'NPC'라는 말도 안 되는 유언비어를 믿는 분위기였지만 절대 그럴 리가 없었다. 만약 그에게서 단독 기사를 딸 수 있다면 고은아는 엄청난 특종을 얻는 셈이다. 하지만 그는 행방이 묘연한 상태. 그러다가 그녀는 자신의 관심사를 사고 있는 리스트들을 보았다.

그녀가 '흠.' 하는 소리를 내며 한 표를 집어 들었다. 프로 먹방러는 없지만 다른 누군가는 존재했다.

'신 클래스. 헤파스의 후예.'

신 클래스.

국내에는 손가락에 꼽을 정도로 적은 숫자만 있는 것으로 안다. 그리고 세계적으로도 100명이 채 될까 말까 라고 들었다. 그런 신 클래스 중 한 명의 정보를 고은아는 아주아주 힘겹게 얻을 수 있었다.

"지금 바라스 왕국에 있다지, 그리고 레전드 길드 소속."

레전드 길드는 베일에 감춰진 길드이고 길드원들 모두는 비공개 랭커였다. 하지만 확실한 것은 하나 있다. 그들이 가지고 있는 힘이 엄청나다는 것.

그곳에 소속되어 있는 헤파스의 후예의 닉네임은 혜민아빠.

'헤파스의 후예는 제작 아티팩트 중 최고라는 드래곤 소드를 만들어낸 인물.'

이제까지 혜민아빠보다 더 뛰어난 아티팩트를 제작해 낸 유저는 국내뿐만 아니라 세계에도 없었다. 얼마 전 공식 랭킹 2위인 칼드가 에픽 아티팩트를 제작해 내 세간의 관심을 샀지만, 혜민아빠에 비해서는 새 발의 피였다.

그리고 혜민아빠가 만들어 판매했던 드래곤 소드는 아이템 거래 사이트에서 역사상 가장 높은 경매가에 낙찰되었다.

자그마치 '13억'.

그 정도로 혜민아빠가 가지는 힘은 크다. 한데, 그는 경매 아이템을 올리면서 자신의 모든 것을 숨겼다. 닉네임도, 어떻게 제작했는지도. 그것이 혜민아빠라는 사실도 고은아가 어렵게 알아낸 사실이었다.

'도대체 왜 바라스 왕국에 가 있는 거지?'

바라스 왕국은 비전투 직업들이 처음에 배울 곳이 많은 곳. 혜민아빠 같은 사람이 있을 곳은 아니라는 거다.

'일단은 바라스 왕국으로 가봐야겠어.'

어쩌면 그곳에서 특종을 딸 수 있을지도 모른다.

to be continued

Wish Books

만 년 만에 귀환한 플레이어

나비계곡 퓨전 판타지 장편소설
WISHBOOKS FUSION FANTASY STORY

어느 날, 갑작스럽게 떨어진 지옥.
가진 것은 살고 싶다는 갈망과 포식의 권능뿐.

일천의 지옥부터 구천의 지옥까지.
수십만의 악마를 잡아먹고 일곱 대공마저 무릎 꿇렸다.

"어째서 돌아가려 하십니까?"
"김치찌개가… 김치찌개가 먹고 싶다고."

먹을 것도, 즐길 것도 없다.
있는 거라고는 황량한 대지와 끔찍한 악마뿐!

"난 돌아갈 거야."

「만 년 만에 귀환한 플레이어」

판테온 플레이어

비츄 게임 판타지 장편소설

가상현실 게임 올림푸스에 드디어 입성했다.
그런데…… 납치라고!?

강제로 시작된 20년간의 지옥 같은 수련 끝에
마침내 레벨 99가 되었다.
그렇게 자유를 만끽하려던 순간.

정상적인 경로를 통한 레벨 업이 아닙니다.
시스템 오류로 레벨이 초기화됐다.

"이게 무슨 개 같은 소리야!!"

그런데, 스탯은 그대로다?!
게다가 SSS급 퀘스트까지!

**한주혁의 플레이어 생활은
이제부터가 시작이다!**

쥐뿔도 없는 회귀

목마 퓨전판타지 장편소설

불친절하기 짝이 없는 이세계 '에리아'.
그곳에 소환된 '이성민'.

13년의 생활 끝에 죽음을 맞이한 그에게
또 한 번의 기회가 주어졌다.

재능이 없다.
그러나 그에겐 13년의 기억이 있다.

우연처럼 엮인 필연이, 그리고 목적이
그를 앞으로, 더 높은 곳으로 나아가게 한다.

이성민은 무엇을 바라였는가.
무엇이 되고 싶었는가.

"나는 다시 살아가 보고 싶다.
전생보다 나은 삶을."